韻江祕史

목차

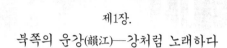

제1장.
북쪽의 운강(韻江)―강처럼 노래하다

홍이가 요화로서 새로운 생을 부여받은 뒤, 그로부터 오십 년이라는 시간이 흘렀다. 홍이와 무연의 슬하에는 장남 운강(韻江)과 차남 운모(韻慕), 막내딸 온(溫)이 있었다.

동쪽과 남쪽에서는 새로운 두령이 탄생되었다는 이야기가 있었지만, 북쪽은 여전히 묵묵부답이었다. 아직 새로운 두령이 탄생하기에 이른 편이었지만, 동쪽과 남쪽의 도발이 이어짐에 따라 북쪽 요괴들의 불안감은 점점 커져만 갔다.

혹 새로운 두령이 태어나기도 전에 전쟁이 발발하는 건 아닐까, 쑥덕임이 끊이지 않고 이어졌다.

뽀드득. 눈을 지르밟는 소리가 고요한 산 중턱을 넘어갔다. 걸음을 옮길 때마다 뽀드득뽀드득, 눈밭이 울음을 터뜨렸다. 산

너머에서 날카로운 바람이 불어왔지만 산을 열심히 오르는 소년들의 걸음을 멈출 수 있을 리 만무했다.

드디어 발걸음을 멈춘 소년이 다다른 곳은, 북쪽 요새에서 보이는 까마득한 절벽 위였다. 그의 눈앞으로 하얀 눈보라가 몰아치고 있었다. 절벽에 오른 소년이 아래에서 들리는 거친 포효에 미간을 좁혔다.

"위험합니다. 절벽으로 너무 가까이 가지 마십시오."

그를 따르는 걱정 어린 목소리에도 소년은 말없이 절벽 아래를 내려다보았다. 휘몰아치는 눈보라의 거친 포효에 짙은 눈썹이 움찔거렸다. 흩날리는 눈보라의 움직임에 그의 물색 눈동자가 움직였다. 위로 치고 올라오는 바람에 짧은 흑발이 살랑거렸다. 왜소하지도, 듬직하지도 않은 체구를 가진 그는 붉은색의 쾌자가 퍽 잘 어울리는 소년이었다. 바람과 함께 펄럭이는 쾌자를 꼭 묶어 놓은 하얀 허리띠가 유독 눈에 띄었다.

"고민이 있으십니까."

이어지는 물음에 소년이 깊은 한숨을 내뱉었다. 절벽의 끝에서 아슬아슬하게 자란 나무를 짚은 그가 저 먼 곳을 바라보았다.

"고민이 어디 있겠어."

"눈동자가 그리 말을 하고 있습니다."

잇따르는 대답에 소년이 입술을 말아 올렸다. 자신이 태어나기도 전에 점지해 놓은 종자라더니, 말을 하지 않아도 제 마음을 알아채곤 했다. 마치 저에게 그를 붙여준 두 사내처럼 말이다.

"한 말씀 올려도 될까요."

이어지는 그의 질문에 소년이 고개를 끄덕였다.

"운강님이 지금 무슨 생각을 하는지도 알 것 같습니다만."

그에 킥킥, 웃음을 터뜨린 운강이 뒤를 돌아보았다. 절벽 아래를 하염없이 내려다보던 소년은 무연과 홍이의 장남, 운강(韻江)이었다. 북쪽 요괴임에도 불구하고, 요화인 제 어미의 머리색을 갖고 태어났다. 하지만 그는 결코 제 머리색에 불만을 갖지 않았다. 자신이 떳떳해질수록 홍이의 입지가 흔들리지 않는다는 걸 너무 어릴 때에 깨닫게 된 탓이었다.

"그래? 그럼 어디 한번 맞춰봐, 제호."

더불어 운강을 따라온 소년은 여전히 무연을 호위하고 있는 자, 흑강의 장남 제호(悌護)였다. 어깨를 조금 넘는 금색의 머리칼이 바람과 함께 흩날렸다. 밝은 갈색의 눈동자를 깜빡이던 그가 칼자루를 더욱 꽉 부여잡았다. 그의 쾌자는 검은색이었다. 저고리와 바지조차 남색이었고, 허리띠 또한 밝은 색을 차지 않았다.

태양과 같은 운강에게 그림자 같은 이가 되고 싶었다. 해서, 제 아비의 명에 따라 운강의 호위가 되었을 때부터 그 옷차림만을 고수했다. 그의 영원한 그림자가 되겠다는 나름대로의 충심이었다.

제호는 자신이 운강의 호위가 되고 종자가 되는 건 오래전 아버지가 지은 잘못 때문이라는 것을 들으며 자라왔다. 하지만 그는 자신의 그런 처지에 불만 한 번 갖지 않았다. 그게 운명이라 한다면, 당연히 따라야 한다 생각했다. 더불어 그는 운강이 싫지 않았다.

늘 요새 너머를 바라보며 곰곰이 생각하는 그가, 야망으로 반짝거리며 빛나는 두 눈동자가 좋았다. 저에게 또 다른 기회를 줄 것만 같았다.

"북쪽을 떠나고 싶으신 게지요."

제호의 말에 운강의 입술이 더욱 길게 말려 올라갔다.

"역시, 내 맘을 아는 건 제호 너뿐이다."

잔뜩 신이 난 그의 목소리에 제호 역시 미소를 그렸다. 운강은 제호를 한참 쳐다보다 다시 저 먼 곳을 향해 고개를 돌렸다. 눈보라가 치는 요새에서 벗어나 더 넓은 곳을 보고 싶었다.

동쪽과 남쪽의 도발로 곧 전쟁이 발발할지도 모른다는 이야기만 벌써 몇 번을 들은 건지. 이젠 귀에 딱지가 앉을 정도였다.

"성인식을 치르고 나면, 아버지에게 부탁을 드릴 것이다."

"무엇을요?"

"여행을 떠나고 싶으니, 흔쾌히 보내달라 말이야."

단호한 그의 대답에 제호의 눈동자가 흔들렸다. 떠난다. 운강이 요새를 떠난다.

"나는 더 많은 것을 알고 싶다. 요새 너머에 있는 것들, 더불어 남쪽과 동쪽의 정세를 파악하여 서쪽과의 동맹을 더욱 견고히 다지고 싶어. 물론! 마땅히 차기 두령이 해야 할 일이겠지만."

꿀꺽. 운강의 말을 듣던 제호가 침을 삼켰다. 제 아버지, 흑강이 종종 이야기하곤 했다. 요화의 다정함과 두령의 냉철함을 쏙 빼닮은 것이 운강이라고. 그저 두령의 아들로만 남기엔 아까운 인재라 말이다.

그 말이 맞다. 제호는 저도 모르게 중얼거리고 있었다.

"나 역시 알아야겠다. 해서, 태어날 다음 두령에게 힘이 되고 싶어. 이 북쪽을, 나의 어머니와 아버지가 사랑해 마지않는 이곳을······."

운강의 머리칼 위로 바람이 불었다. 짧은 머리칼 위로 하얀 눈송이가 내려앉다 이내 사르르 녹아내리고 말았다.

"두령과 함께 지켜내고 싶다."

운강의 말을 듣던 제호의 가슴이 두근거렸다. 훗날 요새의 중추가 될 운강을 떠올렸다. 그리고 그의 곁에 서 있는 이가 저이기를 내심 바랐다.

"그러니 제호."

이윽고 몸을 돌려 제호를 바라보던 운강이 반짝이는 눈동자에 힘을 주었다. 그런 그의 모습에 제호 역시도 뛰는 가슴을 주체할 수 없었다.

"나와 함께해 다오."

그의 말 한마디에 눈이 번뜩 뜨이는 기분이었다. 머리끝부터 발끝까지 느껴지는 저릿함은 그토록 바라던 제 마음이 운강의 마음과 같기 때문일 것이다.

"내가 차기 두령의 곁에 서서 그의 책사가 되는 순간까지, 그리고 그 이후에도 제호 너와 함께하고 싶다."

"당연합니다. 저는 이미 운강님의 종자입니다. 이 목숨이 다할 때까지, 저는 운강님을 모실 겁니다."

단번에 나온 제호의 답에 운강이 만족스러운 듯 미소를 지었다. 설산을 천천히 타고 내려오는 바람에 실린 하얀 눈송이가 그들의 사이를 지나 요새 안으로 향했다.

운강이 성인식을 치르기 이틀 전의 일이었다.

＊

　오래전의 꿈을 꾼 듯했다. 사실 따지고 보면 오래전도 아닐 것이다. 성인식을 치르고 요새를 떠난 지 고작 다섯 해밖에 되지 않았으니. 다만 인간들의 마을에 오래 머물러 있던 탓에 그 시간이 아득하게도 길게 느껴지는 것일 테다.

　따뜻한 바닥에 누워 있던 그가 몸을 뒤척였다. 오늘은 무얼 하려 했더라. 몸이 편하니 머리마저도 풀어지는 기분이었다.

　일어나야 할까, 그 고민을 이어가던 때에 문이 열리는 소리가 들렸다.

　"아침입니다."

　제호의 부름이 들렸다. 결국 자는 것을 포기하기로 했다. 두 팔을 죽 뻗어 기지개를 켜는 그의 몸이 부르르 떨렸다.

　"아…… 어제 너무 많이 마신 것 같아."

　"운강님만 그리 드셨지요."

　딱 부러지는 그의 대답에 운강이 킬킬 웃음을 던졌다.

　"정말 사부와 똑 닮았다니까."

　"운강님 또한 두령님과 판박이십니다."

　이어지는 그의 답에 운강이 놀라 그를 쳐다보았다. 찰나의 정적이 흐르고, 곧 운강의 입에서 호탕한 웃음이 터졌다. 재미도 없고 유쾌하지도 않은 남자인데, 이럴 때엔 꼭 이길 방도가 없다.

　"하하! 그래, 내가 아버지와 꼭 닮긴 했지. 어머니께서도 자주 말씀하셨다."

몸을 일으키며 웃는 그의 모습에 제호가 입꼬리를 말아 올렸다. 그의 어머니, 북쪽의 요화. 바람에 흩날리던 검은 머리칼을 떠올리다 운강의 짧은 머리로 눈이 향했다. 그녀와 똑 닮은 어둠을 지니고 있었다. 함부로 범접할 수 없는 고귀한 어둠.

"그래, 내가 알아보라 지시한 건?"

방에서 어기적어기적 나온 운강이 팔을 쭉 뻗어 몸을 풀었다. 요새에서 내려와 여기저기를 돌아다니다 운이 좋게 다 쓰러져 가는 집을 발견했다. 아무도 살고 있지 않아 거처로 정한 지도 어언 삼 년째.

동쪽의 유연국과 남쪽의 송안국의 한가운데에 위치한 집이었다. 산골짜기 구석에 박힌 탓에 오르고 내리는 것이 쉽지만은 않지만, 반면에 눈에 띄지 않기에는 딱 좋은.

"유연국의 왕이 죽은 건 확실합니다. 다만 궁에 남은 온건파가 과격파에게 입막음을 당한 건지, 궁에 있는 이들조차 아는 이가 많지 않았습니다. 왕이 죽은 이유는 알고 있는 그대로입니다. 후사라고는 숨겨놓은 공주 하나뿐인 게 맞았습니다."

"남쪽 놈들이군."

쯧. 혀를 찬 그가 툇마루에 앉아 제호를 바라보았다.

"더 알아보라 지시하신 그 일은……."

기다리던 이야기에 운강이 고개를 끄덕였다. 제호가 입을 달싹이던 그때에, 저 먼 곳에서 커다란 진동 소리가 들렸다.

깜짝 놀란 둘이 산 중턱 너머 쪽으로 고개를 돌렸다. 귀를 찢는 듯한 굉음은 그치지 않고 끊임없이 이어지며 점차 가까워지고 있었다. 우르릉, 또 한 번 커다란 소리가 들림과 동시에 하얀 눈보라가 몰아쳤다.

따뜻하다 소문이 난 남쪽 산에 눈보라라니. 긴장이 풀린 운강이 혀를 찼다.

"저 바람, 내가 생각하는 게 맞지?"

제호의 답은 일그러진 얼굴로 충분했다.

몰아치는 눈보라가 그들의 앞에 도착한 건 그러고도 꽤 긴 시간이 지난 후였다. 쾅! 커다란 소리와 함께 그들 앞에 떨어진 건, 어깨까지 오는 금색 단발머리의 곱상하게 생긴 사내였다. 두루마기처럼 아래쪽이 길게 퍼지는 백색의 옷이 꼭 눈송이가 녹아든 것처럼 눈부셨다. 이제 막 성인식을 치른 건지 얼굴이 퍽 앳되어 보였다. 머리와 똑 닮은 금색의 눈동자가 햇빛에 반사되어 반짝였다. 얼마나 곱게 생겼던지, 북쪽의 그 어느 요괴를 견주어도 그의 미모에는 따라갈 자가 없다는 소문마저 돌았다.

"아이고! 아이고, 내 허리!"

"우노, 너란 놈은 대체 왜 그리 경박하게 다니는 거냐!"

"아야, 아야. 네가 한번 다녀보든가! 그 전에 제호, 너 눈보라는 몰 줄이나 아냐?"

"내가 하는 말은 그게 아니잖아!"

둘을 보는 운강의 입가에 미소가 만개했다. 그리운 냄새가 몰려왔다. 그에게 묻은, 또 그가 몰고 온 먼 고향의 냄새였다.

우노, 요새의 근처를 지키는 정찰대장 노아의 차남이자 그들의 연락책이었다. 물론 그것을 뛰어넘어 함께 뛰고 자란 소꿉친우였지만.

"오랜만이구나, 우노."

으르렁거리는 둘 사이에 운강의 목소리가 끼어들었다. 깜짝 놀란 우노가 고개를 돌렸고, 이내 두 팔을 벌려 그에게 뛰어들 듯 걸음을 옮겼다.

"운강님!"

하지만 그에게 안기기도 전에, 제호의 손에 잡혀 꼼짝도 못 하는 모습이 되고 말았다.

"야! 이거 안 놔?"

"제호, 막내에게 너무하는 거 아니야?"

"막내요?"

제호는 그의 말을 받아들일 수 없다는 듯, 인상을 구겼다. 그리고 저에게 뒷덜미가 잡힌 우노와 운강을 번갈아 보았다.

"이런 막내 둔 적 없습니다. 요새에 제 아우가 몇인데요."

"나도 운모와 온이가 있지만, 제호 너도 우노도 똑같이 내 아우다."

운강의 말에 제호의 얼굴이 구겨졌다. 우노의 어리광을 들어주기만 하는 게 영 마음에 들지 않았지만, 어쩔 수 없다. 그의 말이 곧 저에게는 법이다. 결국 잡고 있던 우노의 뒷덜미를 놓았다.

이윽고 운강의 뒤에 쏙 숨어버린 우노가 제호를 향해 혀를 날름거렸다.

"저게!"

"자, 자. 그만하고. 우노 네가 급하게 찾아온 이유가 있겠지?"

아! 짧은 탄식을 뱉은 우노가 그의 곁에서 떨어져 툇마루 아래로 내려왔다.

"그게, 차기 두령이 새로 태어났습니다만."

동시에 제호와 운강의 눈썹이 움찔거렸다. 요새를 떠나기 전, 무연과 약속했었다. 새로운 두령이 태어나면 다시 요새로 돌아오겠다 말이다. 약조를 지켜야 할 순간이 찾아온 것인가 싶어 긴장이 되었다.

불안하게 눈동자를 굴리던 우노는 한참이나 뜸을 들였다. 숨을 몇 번이나 들이마시고 내뱉다 겨우 운강과 눈을 마주했다.

"태어났습니다만, 그다음을 말해."

제호의 채근에 우노가 눈을 세게 감았다 떴다. 앞으로 모은 두 손을 몇 번이나 꼼지락거리다 입을 떼었다.

"죽……."

꿀꺽. 입안에 잔뜩 고인 침을 넘기는 건 비단 우노 하나만은 아니었을 것이다.

"죽었습니다."

돌아오는 대답에 제호와 운강 모두 충격을 받았다.

"죽어?"

"태어나자마자 숨을 거두셨습니다. 게다가 요화의 꽃까지 피었다고 하는데 북쪽에는 아무도 태어나지 않았고 증상조차 보이지 않습니다. 무연님도 충격을 받으셨지만, 요새의 동요가 큽니다."

하아, 숨을 몰아쉬던 운강이 두 손을 들어 얼굴을 감쌌다. 마른세수를 몇 번이나 이어가며 돌아가지 않는 머리를 두드렸다. 두령이 죽었다. 자신이 모셔야 할, 북쪽의 미래를 책임져야 할 이의 죽음에 머리가 하얗게 굳어졌다.

"두령은 뭐라 하시더냐."

"일단 지켜보자고 하셨습니다. 서쪽의 두령에게 서신을 보내었으니, 빠른 시일 내에 만나 대책을 논의한다 하십니다."

복잡한 표정을 짓는 운강의 모습에 제호가 입술을 꾹 눌렀다. 그는 언제나 입버릇처럼 말했었다. 북쪽을 갖고 싶다고. 하나, 그 욕심이 그릇된 것을 알고 있으니 언젠가 북쪽을 가질 사내의 곁을 지키겠노라 하였다.

요괴들 간에 분쟁이 없는 세상을 만들고 싶다, 그러한 포부를 갖고 있던 게 운강이었다. 이를 곁에서 지켜보고 함께 자란 제호 였기에, 그의 상실감을 가장 크게 느끼고 있는 것일 테다.

그러다 문득 자신이 운강에게 이야기하려던 것이 떠올랐다. 동시에 온몸으로 우두두 소름이 돋았다.

"운강님, 아까 제가 보고 드리려 했던 이야기 말입니다."

"아아, 잠시 후에 듣지. 아버님께 서신도 써야 하고."

"지금 들어주셔야 합니다!"

채근하는 제호의 목소리에 운강이 고개를 들어 올렸다. 침묵 이 이어졌지만, 그것이 곧 대답이라는 걸 제호는 알고 있었다.

"유연국의 왕비가 동쪽 두령의 딸이라는 건 알고 계실 겁니 다."

"뭐? 요괴와 인간이 혼인을 했어?"

우노의 물음에 제호가 미간을 좁혔다. 제 아우들도 진지한 이 야기를 할 때에는 말을 끊는 법이 없건만.

"계속해."

운강의 말에 우노를 째려보던 제호가 말을 이어갔다.

"공주가 태어난 것은 공표하였으나, 그 모습을 드러낸 적이 없 다 합니다. 과격파로 보이는 귀족 몇만이 공주를 알현할 수 있고, 남쪽 요괴가 인간의 모습으로 변하여 공주를 지키는 듯 보였습니다."

제호의 보고에 우노가 눈을 동그랗게 떴다. 신기한 듯 그를 쳐다보며 눈을 빠르게 깜빡였다.

"그걸 어떻게 그리 잘 알아?"

"서쪽에서 먼저 매수한 궁궐 나인들이 알려준 정보야. 동맹인 덕을 톡톡히 보고 있는 거지."

"그런 거구나……."

둘의 대화를 듣던 운강이 다시금 한숨을 내뱉으며 얼굴을 비벼댔다. 새로운 두령이 탄생하자마자 죽었다. 새로운 북쪽의 시대가 열리기도 전에 끝나 버린 기분이었다. 새로움이 계속 이어지지 않으면 북쪽 역시 동쪽처럼 남쪽에게 잡아먹힐지도 모른단 생각이 들었다. 온몸이 오싹해졌다.

"애초에 동쪽 두령의 딸이 인간과 혼인을 해 자손을 낳은 건, 남쪽 놈들의 계략이었습니다. 송안국에서 남쪽 놈들 몇이 인간들처럼 귀족이란 신분을 받았다 하니, 그놈들의 속셈은 뻔하겠지요."

제호의 말에 운강이 하, 헛웃음을 터뜨렸다. 잔꾀가 많은 놈들이라는 건 알고 있었지만 이 정도일 줄이야. 전혀 상상조차 하지 못한 일이었다. 이제 남쪽은 유연국의 궁 안에 숨겨놓은 공주를 이용하여 동쪽을 완벽하게 남쪽의 것으로 만들 것이다.

아니, 애초에 유연국 깊숙한 곳까지 송안국이 스며들어 있으니 하나가 된다는 것도 조금 늦은 편이라 생각 될 것이다. 어쩌면 그들은 반요인 공주와 귀족인 요괴를 혼인시켜 두 가지의 뜻을 이루려 하는 것일지도 몰랐다.

종속국 공주와 종주국 귀족의 혼인이기도 하지만, 동쪽 반요와 남쪽 요괴의 혼약이기도 하다. 결국 어느 쪽으로 이해해도 동쪽은 남쪽에게 완벽하게 먹히는 것이나 다름없었다.

왕가를 이어갈 하나뿐인 적통이 사라지고 나면 더 이상 왕가도 없다. 숨어 있는 혈통마저도 송안국이 모두 뿌리를 뽑았으니, 공주가 마지막 혈통이었다. 한데 그 혈통이 남쪽의 귀족에게로 넘어가고 만다면 그들에게 왕국은 더 이상 존재하지 않는 것이나 다름없었다.

더불어 얼마 남지 않은 동쪽 요괴들조차도 유연국의 궁에 숨겨 있는 공주가 제 두령의 딸이 낳은 자손이라는 걸 알고 있지 않던가. 남쪽은 저들이 동쪽 요괴의 삶을 좌지우지할 수 있다는 모습을 보이고 싶은 것일 테다. 그리하여 조금이나마 남은 반항의 싹을 뽑아버리고 싶은 것일 테지.

이렇게 종속국과 종주국이 아닌, 하나의 나라가 되어버리고 나면 일은 더욱 복잡해진다. 그들이 노리는 것은 분명 동쪽만을 흡수하는 게 아닐 것이다. 인간들을 이용해 전쟁을 일으킨다는 뜬소문이 어쩌면 사실이 될지도 모르는 일이었다.

"한데, 왜 공주를 그리 지키는지 아십니까?"

"공주를 지키려는 이유가 따로 있다고?"

운강의 반문에 제호가 고개를 끄덕였다.

"그 공주, 최근에 눈동자가 붉게 변하고, 머리마저 흑발로 변했다 합니다."

"……뭐?"

"남쪽은 이미 두령과 함께 요화가 태어난 것으로 알고 있습니다. 남쪽 놈들이 떠벌리고 다니니 확실한 이야기겠지요. 동쪽과 서쪽은 운강님께서 태어나신 해에 새로운 두령과 요화가 태어났으니 새로운 두령이 태어나기에는 시기가 이릅니다."

"그렇다면……."

제호가 고개를 끄덕임과 동시에 운강의 눈동자가 심하게 흔들렸다. 땀이 흥건하게 고였던 손이 바짝 마르고, 절로 손끝이 당겼다.

"두령께 알려야 합니다!"

우노의 다급한 목소리에 운강이 눈을 몇 번 깜빡였다. 그리고 손을 들어 그를 제지했다. 깊이 생각하는 표정이 꽤 심각해 보여, 제호와 우노는 그에게 쉬이 말을 건넬 수 없었다.

생각해야 했다. 비록 두령이 태어나자마자 목숨을 잃었다지만, 어쨌든 탄생은 탄생이었다. 요화는 탄생으로 태어나기도 하지만, 후천적으로 나타나는 경우도 있다.

그렇다는 건 아마도.

"유연국의 공주가…… 북쪽의 요화다?"

"그것 말고는 설명할 길이 없지 않습니까?"

하! 운강이 짧게 웃음을 터뜨렸다. 하늘의 장난이 아니고서야 있을 수 없는 일이었다. 결코 믿고 싶지 않은 현실이었지만, 다시 생각해 보면 이건 아마도 북쪽에 최고의 기회가 될 수도 있었다. 물론 제 예상이 엇나간다면 더 큰 피바람이 몰아칠지도 모르는 일이지만.

무언가 결심한 듯, 운강이 주먹을 꽉 그러쥐었다.

"우노, 지금부터 내가 하는 말을 그대로 아버지에게 전하라. 서신은 안 돼. 흔적이 남아선 안 되는 이야기니까."

"운강님의 명을 받잡겠습니다!"

우노와 제호가 한쪽 다리를 굽혀 그에게 예를 갖췄다. 동시에 스산한 바람이 불어 그들을 감쌌다. 북쪽에서 불어오는 그리움으로 가득한 바람이었다.

"유연국 공주의 눈이 붉게 변하고, 그 머리 또한 흑발로 변했다. 북쪽의 두령이 비록 목숨을 잃었지만 태어난 건 확실하니 그녀 역시 요화겠지."

꿀꺽. 침을 삼킨 운강의 얼굴에 긴장이 역력했다. 손을 꽉 그러쥔 그가 다시 입을 열었다.

"해서 나는 유연국의 공주를 납치하여 북쪽으로 돌아갈 것이다."

동시에 놀란 제호와 우노가 고개를 들어 운강을 바라보았다.

"운강님!"

"그러니 동요를 가라앉히고 나를 기다려 달라고 아버지께 전하라. 꼭 유연국의 공주를 데리고 가겠지만 혹 일이 잘못되어 남쪽의 이들에게 들킨다면."

다시 한 번 침을 목으로 넘기던 운강이 씁쓸하게 미소를 그렸다.

"장남이 두령이 되지 못함에 미쳐 실성한 것이라 소문을 퍼뜨려야 할 것이다. 하여 무모한 일을 벌였고, 북쪽을 멸망시키려 나 혼자…… 그리한 것이라 널리 퍼뜨려 아무것도 모르는 척 방관해야 한다고 전해라."

"안 됩니다. 운강님만큼 북쪽을 생각하는 이가 없는데, 그런 유언비어로 운강님의 명예를 실추시키다니요!"

"그것 말고는 방법이 없으니 하는 말이야! 그럼 나 하나 때문에 북쪽의 모두가 위험에 처할까? 동쪽의 공주, 것도 동쪽 요괴와의 반요를 납치하는 것이다. 한데, 그 선두에 나의 아비지, 북쪽의 두령이 있다면!"

평소와 다르게 잔뜩 흥분한 운강의 목소리가 제호와 우노의 입을 꾹 다물게 만들었다. 잔뜩 성이 난 그의 표정에 두 사내가 고개를 푹 숙였다.

"전쟁의 준비조차 하지 못한 북쪽을 남쪽이 가만둘 리 없다. 언젠가 일어날 일이라곤 하나, 그것이 지금 당장이어선 안 돼."

힘이 실린 그의 목소리에 날 선 바람이 두 갈래로 갈라졌다.

"절대적으로 나 혼자만의 범행이어야 한다. 북쪽의 두령이 그렇다 하는데, 그들이 믿지 않는다 하여도 방도가 없지."

씁쓸해지는 운강의 표정에 제호가 입을 일자로 꾹 다물었다.

"그러니 우노, 토씨도 틀리지 않고 전해야 한다. 난 너를 믿는다."

그의 말에 눈이 휘둥그레진 우노가 급히 고개를 숙였다. 괜스레 목이 메어 아무런 대답도 하지 못했다. 목에 힘을 꽉 준 채, 얼굴을 들지 못하던 그가 숨을 크게 들이마셨다.

"우노, 운강님의 명을 한 치의 실수도 없이 해낼 것입니다."

이내 몸을 일으킨 우노가 운강을 빤히 바라보았다. 아름다운 사내였다. 무연의 냉철함을 닮았고, 홍이의 다정함을 닮은. 아름답다는 말로도 부족한 사내.

"부디 몸조심하십시오."

"그래. 너도 가는 길에 남쪽 놈들 조심하고."

머리를 헝클이는 운강의 손길이 따뜻해, 우노는 당장에라도 울 것만 같았다. 코가 시큰해져 몇 번이나 숨을 참고 또 참았다. 결국 더 이상 울음을 참을 수 없을 것 같아 급히 바람을 일으켰다. 커다란 눈보라가 몰아쳐 우노를 집어삼켰고, 재빠르게 그들 앞에서 사라졌다.

거칠게 몰아치는 바람을 빤히 지켜보던 운강이 짙은 한숨을 내뱉었다.

"제호."

"말씀하십시오."

"나는 너에게 내 곁을 지켜달라 말했지만, 지금 내가 우노에게 말한 그 순간이 온다면 내 곁을 빠르게 떠나 사부에게로 돌아가."

"싫습니다."

제호의 단호한 대답에 운강이 고개를 돌려 그를 보았다. 여전히 한쪽 무릎을 꿇고 있는 그가 단단한 바위 같았다. 오래전, 제 아비가 흑강을 두고 한 말처럼.

"저의 목숨은 오래전부터 운강님의 것이었습니다."

"나는 널 그리 생각하지 않았다."

"운강님께서 어찌 생각하셨든, 저에게는 형님이기 전에 주군이셨습니다. 그러니 실패하여 그 끝을 보는 일 따위, 제 목숨을 바쳐서라도 없게 할 겁니다."

단호한 그의 대답에 운강은 아무런 말도 할 수 없었다. 그저 입을 꾹 다문 채 제호를 내려다볼 뿐.

  우노가 다녀간 뒤로, 제호가 마을에 내려가는 횟수가 현저히
늘어났다. 운강 역시도 평소보다 주위 경계를 강화하고 주변의
이야기를 모았다. 그의 특기 중 하나, 바람의 귀를 빌려서.
  한계가 정해져 있어 그다지 멀리까지 퍼진 이야기는 듣지 못했
지만, 지금은 방법을 가릴 때가 아니었다.
  "이야기를 가져와 다오."
  운강이 팔을 앞으로 뻗었다. 긴 손가락을 부드럽게 움직이자,
살랑살랑 불던 바람이 그의 곁으로 모였다.
  '마을의 이야기를 들려다오.'
  그의 손가락이 유연하게 움직였다. 부드럽게 춤을 추듯 허공
을 휘젓는 손짓에 그의 부근에서 바람이 맴돌았다. 곧 팔을 타고
올라오는 바람 한 줄기가 운강의 귀로 찬찬히 스며들었다.
  [들었나? 조만간 송안국과 유연국이 합쳐진다는군.]
  [체, 진작 먹어놓고 이제야 합치는 건 뭔가?]
  [어차피 달라질 것도 없지 않겠어? 있으나 마나 한 왕만 세 번
이었고, 가적국이나 조환국을 견제하기 위해선 차라리 그게 나
아.]
  북쪽의 가적국과 서쪽의 조환국. 이 두 나라가 곧 유연국을 치
게 될 것이라 소문을 낸 것이 송안국이었다. 해서 자신들의 침략
을 합리화시켰지만, 반발은 존재했다. 끊이지 않고 반란이 일어
났다. 하지만 그 역시 오래가지 못했다. 인간의 힘이라 볼 수 없
는 무서운 힘으로 반군을 제압하는 송안국의 군대 때문이었다.

붙잡힌 반군들의 행방은 알 수 없었다. 아무도 모르게 사형을 시켰다느니, 고문을 받고 있을 거라느니 추측만이 난무했다. 돌아오지 않는 반군을 기다리는 이는 없었다. 시간이 지나니 그게 당연해졌고, 반을 꾀하는 자들은 소리 소문 없이 사라졌다. 누군가 납치를 했다, 타국으로 가 반란을 준비한다, 근거 없는 소문만이 무성했다.

[아아, 그래. 어차피 이렇게 속국으로 사느니 대 송안국의 백성인 게 나을 수도 있지.]

결국 백성들은 두 나라를 하나로 인식하게 되었다. 어느덧 송안국과 유연국이 하나의 국가이길 바라는 이들도 하나둘 늘어나게 되었다.

분명 남쪽 요괴들의 짓이다. 인간은 나약하지만, 소중한 것을 앞에 두고는 약해지지 않는다. 그러니 몇 번이고 반란을 일으켜 유연국을 찾으려 애쓴 것이겠지.

"남쪽 놈들."

눈을 번쩍 뜬 운강이 이를 우드득 씹었다. 살짝 말려 올라가는 입술이 그의 기분을 말해주고 있었다. 뻗고 있던 손가락을 움직이며 천천히 숨을 뱉었다.

안타까운 일이었지만, 지금으로선 유연국 백성들을 가엾게 생각할 때가 아니었다.

'다음은 궁궐.'

운강이 손을 뻗어 허공을 가로질렀다. 산골짜기를 유유히 흐르던 바람이 그의 손바닥 위에 차곡차곡 쌓였다.

바람은 고요하게 흘러갔다. 나뭇잎을 흔들고 시장의 좁은 틈새를 지나 궁궐에 다다랐을 때, 운강이 다시 한 번 손을 움직였다. 하지만 이상하리만치 조용했다.

들리는 소리라고 해봐야 철컥거리는 갑옷 소리라든가, 창이 땅을 두드리는 소리뿐이었다. 아무리 귀를 기울이고 주위의 소리를 끌어모아도 저에게 닿는 소리가 없었다.

다시 한 번 바람을 끌어모으기 위해 손끝으로 힘을 주었다. 손가락을 부드럽게 움직였을 때.

[안 돼.]

누군가의 단호한 속삭임이 운강에게 전해졌다. 귓가를 파고들어 머리를 쩌렁쩌렁하게 울리는 음색에 운강이 눈을 번쩍 떴다. 온몸이 뻣뻣하게 굳어졌다.

[훔쳐 듣는 건 안 돼, 도련님.]

'뭐?'

[들키면 골치 아프다고.]

'누구야, 뭐야?'

순간 무거운 바람이 불어와 그를 덮쳤다. 눈앞으로 닥쳐온 바람은 그의 몸을 강하게 짓눌러 바닥에 쾅, 주저앉게 만들었다. 손바닥 위로 겹겹이 쌓아놓았던 바람이 와르르 무너졌다.

차게 식은 땅과 손바닥이 마주하자 정신이 번쩍 들었다. 고개를 들어 올려 앞을 보았지만, 그곳에는 아무도 없었다. 두려울 정도로 고요한 정적이 그를 예민하게 만들었다.

요력을 읽힌 것도 모자라 힘을 제어당하고 제압까지 당했다. 안 된다 말하던 묵직한 음성이 머릿속을 떠나지 않았다. 한 번도 없던 일인지라, 당황은 배가되었다.

"운강님!"

때마침 집으로 돌아온 제호가 잰걸음으로 그에게 다가왔다. 빠르게 뛰어와 운강을 부축한 그가 놀란 듯 눈을 동그랗게 떴다.

"무슨 일이십니까?"

"제호, 유연국의 궁에 남쪽 놈들이 들어가 있다고 했나?"

"반 이상이 남쪽 놈들입니다. 어찌 그런 걸 물어보십니까?"

운강의 얼굴이 일그러졌다. 그렇담 남쪽 놈들의 짓일까. 그렇담 단박에 제 위치를 알아챘을 것이다. 요력을 그리도 흘렸는데, 그들이 그저 제 귀를 닫는 것으로 끝냈을 리가 없지.

"운강님, 왜 그러십니까."

제호의 채근에 운강이 쯧, 혀를 찼다. 그에게 부축받아 몸을 일으켜 엉덩이를 툭툭 털었다.

"바람으로 궁궐의 소리를 좀 읽으려 했는데, 되레 내가 읽히고 말았다. 더불어 힘을 보내어 내 요력마저 끊어버렸어."

으르렁거리던 운강이 주먹을 꽉 말아 쥐었다. 창밖으로 산 너머를 한참 바라보다 후- 굵은 한숨을 내뱉었다. 제호에게로 시선이 돌아갔지만, 잔뜩 성이 난 얼굴은 조금도 변하지 않았다.

"해서, 궁으로 들어갈 진로는."

"오늘 술시. 시장 중앙에 있는 붉은 유곽 삼 층에서 만나기로 했습니다."

"확실히 믿을 수 있는 자이겠지."

"예. 그건 걱정하지 마십시오. 한데 궁궐에 그런 자가 있다면 위험하지 않겠습니까."

걱정 어린 제호의 물음에 운강의 눈썹이 꿈틀거렸다.

"위험이라……. 위험일까?"

"예?"

"분명 그리 말했다. 엿듣는 걸 들키면 골치 아프다고……."

눈을 가늘게 뜬 운강이 저 먼 곳을 바라보며 턱을 매만졌다. 살기는 느껴지지 않았다. 송안국의 군대가 들어온다는 말에 열을 내던 그 백성만큼도 되지 않는 평온함이었다.

아군일까, 적군일까. 감이 잡히지 않았다. 만약 적군이라면 궁에 들어가는 작전을 바꿔야 마땅할 것이다. 제 요력을 읽고 끊을 정도의 능력이 있는 자가 궁에 있다면 제호의 말대로 위험한 게 분명했다. 다만 아군이라면 이야기가 달라진다.

"일단 계획대로 움직인다."

"괜찮겠습니까."

"살기가 없었어. 만약 아군이 아닌 적군이었다면, 그리 순순히 요력을 끊는 것으로 끝나지 않았을 것이다."

정적이 이어졌다. 말은 그리했지만, 운강의 머리는 여전히 복잡했다. 길조(吉兆)인가, 흉조(凶兆)인가. 여전히 답이 내려지지 않는 질문을 몇 번이나 던져 보았지만, 돌아오는 건 긴 한숨과도 같던 바람 한 줄기뿐이었더라.

＊

술시가 되기 한 식경 전. 운강과 제호는 약속한 붉은 유곽의 삼 층에 도착해 있었다. 이미 언질을 받은 듯, 유곽 주인은 제호를 보자마자 삼 층의 구석진 방으로 안내했다. 결계가 있어 들키지 않을 것이라는 말을 남긴 채, 그는 곧 방을 떠났다.

"진로를 터줄 자는 누구냐."

"서쪽에서 온 책사입니다. 서쪽 두령의 곁을 보필하다 남쪽의 근황을 살피기 위해 온 것으로 알고 있습니다."

"서쪽의 책사라……."

이내 목이 따끔거렸다. 자신이 되고 싶었던 자리, 욕심냈던 그 자리를 떠올리다 짧게 숨을 들이켰다. 그러다 곧 괜찮다 스스로를 다독이며 주먹을 꽉 쥐었다.

제 아버지의 책사라도 되면 될 일이었다. 꼭 새로 태어날 두령의 책사가 될 필요는 없었다. 새로운 세대의 시작을 함께하고 싶었던 그저 혼자만의 욕심이요, 아집일 뿐이지.

"어떤 방도를 쓸지 궁금하군."

운강이 입을 떼기 무섭게 제호가 문 쪽으로 몸을 돌렸다. 동시에 운강 역시도 잔뜩 경계한 채 허리춤에 차고 있던 칼을 빼내었다. 두 사내가 천천히 몸을 일으키며 뒷걸음쳤다.

"적인가?"

"잘 모르겠습니다. 단지……."

"단지?"

"처음 느끼는 기운입니다."

젠장. 절로 욕설이 터져 나왔다. 아랫입술을 꽉 짓누른 그때, 똑똑 문을 두드리는 소리가 들렸다. 운강의 고갯짓에 제호가 입을 열었다.

"누구십니까."

"아, 오늘 만나기로 한 조(助)입니다."

조(助)라는 말에 제호가 미간을 좁혔다.

"왜 그러느냐."

"만나기 전 약조했던 암호입니다. 알고 있는 걸 보면 그자가 맞는데, 어찌 기운이 영 익숙지 않습니다."

"일단 들어오게 하라. 아무 일 없던 것처럼 그를 맞아야 한다. 혹 상황이 틀어진다면……."

운강의 말에 제호가 고개를 끄덕였다. 둘은 천천히 의자에 앉아 탁자 밑으로 칼을 숨겼다. 바짝 날이 선 경계는 여전히 문을 향해 있었다.

"예. 들어오십시오."

이윽고 굳게 닫혀 있던 문이 열렸다. 동시에 손에 힘을 꽉 쥔 둘이 문에 시선을 고정시켰다. 잠시 후 방으로 들어오는 건, 곱상하게 생긴 사내였다. 허리 즈음까지 오는 갈색 머리칼을 가진 그는 무엇이 그리 좋은지 연신 싱글벙글거리며 미소를 만개했다. 이마에 박힌 푸른 보석이 유난히 번쩍이고 있었다.

생각보다 앳된 모습이었지만, 겉으로 풍기는 면모는 남달랐다. 고급스러운 청색의 비단에 흑색의 자수가 놓인, 꽤 화려한 의복을 입고 있었다. 턱 밑까지 올라와 목을 전부 감싸는 것을 제외하면 쾌자와 매우 비슷하게 생겼다. 허리까지 오는 겉옷을 입고 있었는데, 소매가 어찌나 긴지 손을 들어도 옷이 길게 떨어졌다.

그러던 그때, 자리에서 벌떡 일어난 제호가 허리에 차고 있던 서슬 퍼런 검을 꺼내 들었다. 방에 들어온 그에게 검을 겨눈 채, 얼굴을 일그러뜨렸다.

"누구냐, 너."

"서쪽의 참모입니다."

"나는 서쪽의 계황과 약조하였다. 두령의 곁을 지키던 책사."

"아아, 예. 저희 사부님과 약조하셨죠."

태연하게 대답한 그가 고개를 끄덕였다. 그리곤 뒷짐을 진 채 여전히 넉살 좋은 미소를 그리며 둘을 번갈아 쳐다보았다. 하지만 제호는 여전히 경계를 풀지 않고 있었다.

"그자가 네놈의 사부인 걸 어찌 믿을까."

"뭐, 한 번에 믿을 거라 생각은 안 했습니다."

어쩔 수 있나요. 중얼거리던 그가 품에서 꺼낸 건, 돌돌 말린 채 붉은 실로 묶인 한 통의 서신이었다.

동시에 바람을 일으킨 운강이 그의 손에서 서신을 빼내었다.

"와, 말로만 듣던 북쪽 아드님의 힘이군요."

그의 힘에 놀란 건지, 눈을 휘둥그레 뜬 그가 운강을 쳐다보았다. 밤하늘에 뜬 별빛보다 더 밝다 하여도 믿을 법한 눈빛이었다. 하지만 제호는 조금도 틈을 주지 않았다. 검을 다시 한 번 고쳐 잡으며 입을 달싹였다.

"입 다물어."

"아이고. 무서워라."

두 팔을 들어 올린 그가 어깨를 으쓱거렸다. 말은 그렇게 하고 있었지만 여유 넘치는 눈빛이라든가, 여전히 싱글벙글 미소를 지우지 않는 얼굴이 영 마음에 들지 않았다.

서신을 낚아챈 운강은 그를 살피며 붉은 실을 풀어냈다. 그리고 돌돌 말린 두루마리를 풀어 천천히 그 내용을 읽기 시작했다.

"정말 제 사부가 맞습니다. 두령의 부름으로 급히 떠나시게 되어 제가 대신 이 자리에 나오게 되었지요."

"네가 뭔데."

"서쪽의 요괴. 뭐, 그것 말고 또 뭐가 있나요?"

그의 대답과 동시에 운강이 두루마리를 탁, 소리 내어 접었다. 그를 쳐다보는 눈동자가 꽤 예리하게 빛나고 있었다.

"그냥 서쪽의 요괴는 아닐 텐데."

"무슨 말입니까, 운강님."

"이 서신을 쓴 계황은 그 말대로 서쪽으로 돌아갔다. 서쪽 두령께서 하고자 하는 일에 도움이 되기 위하여. 하나, 그건 계황 본인의 뜻이 아니지."

입술을 길게 말아 올린 운강의 모습에 곧 참모라 말하던 서쪽 요괴의 얼굴에 묘한 희열이 가득 찼다.

"서쪽의 두령이 맞이한 새벽을 대신 보내니, 부디 아침의 광명을 찾으라. 그리 말을 한다는 건."

두루마리를 꽉 쥔 운강의 손등으로 핏줄이 불거졌다. 이내 마주한 두 사내 사이로 번쩍이는 번개가 내리쳤다.

"너 서쪽 두령의 아들, 효(曉). 맞지?"

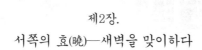

제2장.
서쪽의 효(曉)―새벽을 맞이하다

효는 생각했다. 왜 하필이면 서쪽에서 태어났을까. 그리고 왜 하필이면 두령이 아닌 두령의 아들로 태어난 걸까. 운이 나쁘게도 효의 탄생과 동시에 서쪽에는 새로운 두령이 태어났다.

새벽과 함께 태어났다 하여 효(曉)라는 이름을 받았지만, 그다지 달갑지 않았다. 커가면서 제 아비와 보내는 것보다 그의 책사인 계황과 보내는 하루가 더 많았으니까.

효에게는 형제만 넷이요, 더불어 누이들만 셋이었다. 첫째와 둘째 그리고 셋째 형님은 그가 태어나기도 전에 남쪽의 부근으로 정찰을 나갔고, 막내 형님은 요새에 남아 아이들에게 검술을 가르쳤다.

누이 중 하나는 두령이 태어남과 동시에 요화가 되었고, 하나는 특별히 예쁨을 받는 탓에 먼 곳으로 여행을 떠난 지 오래였다.

막내 누이만이 효에게 관심을 보였으나, 그에겐 그조차 부족했다. 애정과 관심에 목마른 나날이 지났다. 북쪽에서 저와 비슷하게 태어난 아이들의 이야기를 계황에게 자주 전해 듣곤 했다.

훗날 두령의 책사를 꿈꾼다는 현명한 장남, 운강.

검술과는 멀지만 고운 노래를 좋아한다는 차남, 운모.

그 이야기를 듣고 효는 운강이 저와 비슷하다고 생각했다. 생면부지의 요괴였지만, 그럼에도 그는 동질감을 느꼈다.

그렇게 꽤 오랜 시간이 흘렀다. 성인식을 치르기 무섭게 계황이 있는 남쪽으로 왔다. 새로운 두령이야 요새에 남은 제 가족들이 알아서 할 것이다. 가족이라 부르기에도 어색한 그들이.

다만 펑펑 울던 막내 누이가 마음에 걸릴 뿐이었다. 금방 돌아오겠다 약조는 하였으나, 효는 그럴 생각이 없었다.

남쪽의 생활은 생각보다 만족스러웠다. 간혹 남쪽 요괴들이 정찰을 나오면 부리나케 숨어 한참을 나가지 못하고는 했지만, 아무것도 꿈꿀 수 없던 서쪽 요새보다 낫다고 생각했다.

계황의 수족이 되어 참모라는 이름으로 불렸다. 참모, 효. 그 이름이 참으로 마음에 들었다.

"효님께서 그리도 궁금해하시던 북쪽의 아드님이 지금 유연국에 와 계십니다."

계황의 말에 가슴이 뛰었었다. 그토록 저와 닮았다 생각하여 꼭 보고 싶던 자가 유연국에 와 있다. 당장에라도 그를 만나 이야기를 나누고 싶었지만, 상황은 그리 녹록지 않았다.

북쪽 아들의 종자만이 몇 번이나 계황을 만났고, 효는 그때마다 옷을 뒤집어쓴 채 얼굴을 가리고 계황을 따랐다. 먼저 만나러 갈까 생각도 했지만 도통 흔적을 남기지 않고 사라지는 종자 덕에, 단 한 번도 만나러 갈 수 없었다.

그러던 며칠 전, 요새에서 부름이 있었다. 책사가 필요하니 저를 보내라는 서신이었다. 새로운 두령의 곁에서 힘이 되어주라는 아비의 편지에 효는 코웃음을 쳤다.

요새에 남았더라면 그것만을 바라보며 살았을 테지만, 지금은 아니었다. 자신이 배우고 익힌 것으로 좀 더 넓은 세상을 보고 싶었다. 돌아간다 하더라도 지금은 아니다.

해서 계황을 보냈다. 오늘의 약조가 있는 것을 알고 있었기에 더더욱 그를 요새로 돌려보낸 것이다. 간신히 그를 설득해 서신 한 장을 받았다. 그토록 오래 염원하던 북쪽의 아들, 운강과의 만남을 위함이었다.

"너 서쪽 두령의 아들, 효(曉). 맞지?"

그 물음을 들었을 때, 온몸으로 저릿한 쾌감이 일었다. 새어 나오려는 탄식을 꽉 억누른 채 입에 힘을 주었다. 생각한 것보다 예리한 사내였다. 들은 것보다 더 훤칠하니 잘생겼고.

본래 인간이라는 북쪽 요화를 닮은 검은 머리칼도, 북쪽 두령을 쏙 빼닮은 물색의 눈동자도. 하얀 피부에 잘 어우러지는 모습이 아름답다고 생각했다.

"그게 무슨 말입니까, 운강님."

"아버지께 들은 적이 있다. 서쪽 두령의 막내아들 말이야. 나와 비슷한 연배일 것이라는 말에 쭉 만나보고 싶었지."

운강의 말에 효는 몇 번이나 가슴에 힘을 주어야 했다. 만나고 싶었다. 그 한마디로도 머리털이 주뼛거렸다. 아아, 결국 탄식이 새어 나왔다. 이토록 기쁜 상태를 무어라 하던가. 책에서도 본 적이 없는데.

그런 효를 빤히 쳐다보던 운강이 제호의 손을 톡톡 두드렸다. 괜찮다는 뜻이었다.

"검 내려놓아라."

"하지만 운강님!"

"저자 역시 나와 같은 두령의 아들이다."

제호를 지키기 위함이었다. 제아무리 두령을 중심으로 돌아가는 요괴의 세계라 하더라도 그 서열은 분명히 존재했다. 두령과 요화 그다음으로 오는 것이 두령의 자식이었다.

아들이든 딸이든 그것은 중요하지 않았다. 그의 피를 이어받았다는 것 하나만으로도 고귀한 존재가 되는 것이다.

"앉지. 할 이야기가 많을 듯한데."

운강은 자신의 앞자리를 향해 손을 내밀었다. 이리 와 앉으라 고갯짓까지 하며 효를 불렀다. 긴장의 끈을 놓은 건 아니었으나, 맨 처음 그가 문밖에 있을 때처럼 온 신경이 곤두서지는 않았다. 착각일지도 모르나, 그는 저에게 해가 되는 존재는 아닐 것이다.

"그래, 뭐. 그러도록 하지."

운강의 앞으로 걸어가는 효의 입가에는 웃음이 잔뜩 만개해 있었다. 자세를 고쳐 운강의 곁을 지키면서도 날카로운 눈빛을 저버리지 못하는 제호를 빤히 보다 어깨를 으쓱거렸다.

자리에 앉아 운강을 마주한 효가 고개를 갸웃 기울였다.

"내가 효인 줄 어떻게 알았지?"

"모를 수가 있나. 서쪽 두령을 그대로 빼다 박았는걸."

"내가? 하, 북쪽 아들은 농도 잘하는군."

"서쪽 두령을 본 건 딱 한 번뿐이지만, 그 얼굴은 잊지 않았지. 특히 그 눈."

자신의 눈매를 어루만지던 운강이 곧 그 손가락을 효에게로 향했다.

"말할 때마다 살살 웃는 게, 서쪽 두령과 똑 닮았군."

흠흠! 이내 효가 크게 목을 가다듬으며 그의 시선을 피했다. 한 번도 들어보지 못했다. 간혹 계황이 제 아비와 닮았다는 이야기를 하긴 했지만, 그건 그저 저의 기분을 맞춰주기 위한 사탕발림이라 생각했다. 아버지와 가장 가까이 닿고 싶어 하는 마음을 가진 채 자란 저를 위한 사탕발림일 것이라고.

그래서인지 운강이 하는 말에 가슴이 간질거렸다. 그런 말에 좋아할 줄 아느냐 툭 뱉으려다 속 안으로 꾹 참았다.

"그래, 뭐. 그렇다 치지."

사실 서신에 적힌 계황의 말을 유추하여 알게 된 것이 더욱 컸지만. 서쪽 두령과 아예 닮지 않은 건 아니었다. 눈매가 똑 닮은 건 사실이었다.

"서쪽 두령이 말을 할 때마다 살살 웃는 게, 영 기분이 나쁘단 말이지. 비웃는 것이 아님은 분명 알겠는데 말이야."

그 언젠가 제 아비가 했던 말을 떠올리며 운강은 고개를 끄덕였다. 그 말이 꼭 맞았다. 비웃는다거나 저를 우습게 생각하는 것이 아니라는 건 알겠지만 어딘가 묘하게 느껴졌다.

"그래, 언제부터 남쪽에 와 있었지?"

"그런데 왜 반말이야?"

"동년배라는 말을 들어 반말을 한 것인데, 싫으시다면 말을 높이지요."

"됐어. 동년배는 맞으니 그냥 말을 놓지."

꼭 제 아우 운모를 보는 것 같았다. 온이 태어나기 전에는 운모가 둘째요, 막내였던지라 꼭 효처럼 제멋대로 말을 하고 굴 때가 많았다. 도대체 어찌하랴, 운모에게 가장 많이 했던 말이었다.

"성인식을 치르고 바로 남쪽으로 넘어왔어. 사부가 이쪽에 있었으니."

"우리와 별 차이는 나지 않는군."

"차이가 나지 않다니? 이래 봬도 내가 궁에 심은 첩자만 다섯이다, 다섯!"

"호, 그래?"

입술을 말아 올리는 운강의 모습에 효가 아차 싶어 고개를 돌렸다.

"아무리 북쪽과 동맹 관계라 하여도, 우리의 일을 함부로 발설하셔서는 안 됩니다. 도련님께서 아실 거라 믿지만, 염려되어 말씀드리는 겁니다."

그제야 떠나기 전, 계황의 당부가 떠올라 낮은 탄식이 새어 나왔다. 분명 이 사실을 알게 된다면 몇 날 며칠이고 잔소리를 들을 것이다. 아버지와 어머니보다 더 엄격하게 저를 키운 이가 계황 아니던가.

끙, 앓는 소리를 내던 그가 고개를 돌려 운강을 바라보았다.

"내가 몇이라 했지?"

"다섯."

"아니다."

"다섯이라고 하지 않았던가?"

"아니라니까. 셋이다, 셋."

"셋?"

손가락 세 개를 펼친 운강이 효를 바라보았다.

"그래, 셋."

"머리가 좋지는 않은가 보아. 다섯인지, 셋인지 헷갈리는 걸 보니."

아무래도 북쪽의 아들은 자신이 생각한 것보다 더 성격이 좋지 않은 듯했다. 속을 이리도 박박 긁을 줄이야. 끙, 다시 한 번 앓는 소리를 내던 그가 애써 웃음을 그렸다.

"자, 셋이니 다섯이니 무어가 그리 중요해?"

이윽고 효의 표정이 변했다. 웃음에 젖어 휘었던 눈꼬리가 길게 늘어지고, 호기심 가득하던 눈동자가 차게 식어버렸다. 운강을 마주하는 눈동자는 더 이상 그와 동년배인 서쪽 두령의 아들이 아니었다.

"나에게 필요한 건 그게 아닐 텐데."

묘하게 틀어지는 그 목소리에 운강이 쯧, 혀를 찼다. 애써 웃음을 그리며 어깨를 으쓱거렸다.

"흥정이라도 하자는 건가?"

"아니, 동맹을 맺은 북쪽과 흥정 따위 해서 무얼 해. 단지 나는……."

톡. 톡. 효의 손가락이 탁자를 두드렸다. 느리게 혹은 묵직하게 울리는 소리가 셋 사이로 지나갔다.

"북쪽의 아들이 직접 날 찾은 이유를 간과하지 않는 것뿐."

자세를 고쳐 앉은 효가 의자 깊숙이 몸을 묻었다. 팔걸이에 걸친 두 손을 마주하며 고개를 갸웃 기울였다.

"해서, 무엇을 얻겠다고 나를 찾은 거지?"

웃으며 묻는 효의 모습에 운강이 하, 헛웃음을 터뜨렸다. 생각보다 속내를 드러내지 않는 남자다. 조금의 빈틈이 보여 그것을 어찌 써먹을까 생각하는 와중에 판세를 뒤집어 버렸다.

막내 같은 면모가 없지는 않지만, 그렇다 하여 쉬이 그 틈을 보이지 않는 자다. 상대하기 쉬울 법하면서도 껄끄러운 상대였다.

"요점을 벗어났군. 그래, 좋아. 우리를 어떻게 유연국의 궁으로 들여보낼 거지?"

"이제야 좀 말이 통하는군."

킬킬. 웃음소리가 흘러나왔지만 눈은 그렇지 않았다. 여전히 눈동자는 운강과 제호를 훑으며 그들이 무얼 생각하는지 읽으려 바삐 움직였다. 효는 한참이나 둘을 쳐다보았다.

"우리를 어떻게 도와주겠다는 거지?"

"그 전에, 하나만 묻지."

톡. 톡. 다시 탁자를 두드렸다. 계황은 그들이 하려는 일이 서쪽에 해가 될 것인지 아닌지를 알아보라 하였다. 혹 그것이 서쪽에 큰 해가 될 일이라면, 구태여 돕지 않아도 된다 말했다.

서쪽과 북쪽을 함께 지킬 수 있는 방도를 찾되, 서로에게 해가 되지 않도록 하는 것이 그들이 맺은 동맹이었다.

그러니 더더욱 어떤 일을 할 것인지, 무엇을 위함인지는 중요하지 않다고 했다. 서쪽에 어떠한 영향을 끼칠지 알아보라 그리도 당부했는데.

"자네들이 하려는 일이 무언지 듣고 싶군."

효가 궁금한 건 서쪽에게 얼마나 해가 되는지의 문제가 아니었다. 궁금했던 것을 툭 던지자마자 유난히 동요하는 제호의 표정에 어느 정도 감을 잡을 수 있었다.

필시, 자신이 생각했던 것보다 더 위험한 일일 것이다. 애초에 남쪽 놈들이 득실거리는 궁으로 들어간다는 것 자체로도 보통의 일은 아니었으니.

"계황은 묻지 않았소."

"그건 나의 스승에게 도움을 청할 때고. 지금 그대들 앞에 있는 건 계황이 아니야."

의자에 기대고 있던 몸을 일으킨 효가 운강을 향해 몸을 기울였다.

"서쪽의 아들. 나, 효란 말이지."

움찔거리는 제호와는 다르게 운강은 미동도 없었다. 묵묵히 그를 쳐다보며 무언가를 깊게 생각하는 모습을 보일 뿐. 그렇게 어색한 정적이 흐르고, 효가 몸을 일으켰다.

"말하고 싶지 않으면 하지 않아도 좋아. 뭐, 대신 나는……."

"아니, 말하지."

갑작스러운 운강의 대답에 놀란 건 비단 효만이 아니었다.

"운강님!"

그의 곁에 서 있던 제호가 몸을 돌렸다.

"말할 필요가 없습니다. 어찌 그러십니까! 애초에 계황은 아무 것도 묻지 않았습니다. 북쪽과의 동맹을 생각해 그저 돕겠다는 말만 남겼는데, 어째서!"

"계황이라는 자와 너 사이에 시간이 쌓인 덕 아니겠느냐."

그에 제호가 아무런 말도 하지 못했다. 남쪽으로 넘어와 그들이 필요한 정보를 얻기 위해 종종 계황을 찾곤 했다. 그가 마을을 돌며 첩자들을 만날 때에, 제호는 계황을 호위했다.

간혹 남쪽 요괴들이 마을을 헤집고 다닐 때면, 바람을 일으켜 계황과 저의 흔적을 숨겼다. 이미 나이가 들어 능력을 쓰기보단, 머릿속 지식으로 남쪽에게 대응하는 계황에게는 고마운 일이었을 것이다.

덕분에 제호는 꾸준히 정보를 얻을 수 있었고, 계황 역시 제호가 오는 날만 은신처에서 나서 정보를 수집했다. 말이 오가지 않은 채 성립된 그들만의 규칙이었다.

"그러나 여기 서쪽의 아들과 나는 그러한 시간이 없지."

"역시, 머리가 잘 돌아가네."

"그리해야 내 꿈을 이룰 수 있으니 말이야."

주먹을 꽉 쥔 운강이 천천히 숨을 들이마셨다. 위험 요소가 크다는 건 알고 있었다. 저와 제호가 하려는 일을 효가 남쪽에게 넘

긴다 해도 할 말은 없을 것이다. 그것을 모두 감수한 채 벌이는 일이었으니. 애초에 가벼운 마음으로 시작한 일은 아니지 않았던가.

"유연국의 공주에게 요화의 상징이 나타났다는 건 알고 있겠지."

직설적인 질문에 효의 눈썹이 꿈틀거렸다. 숨을 들이마시고 내뱉으며 마주한 손을 꼭 붙잡았다.

"알고 있지. 우리에게 먼저 들어온 정보이니."

"동쪽과 서쪽은 우리 대에서 이미 두령과 요화가 태어났다. 이번에 새로 태어난 서쪽의 요화가 효, 자네의 누이라는 것 역시 들어서 알고 있지."

효는 대답이 없었다. 표정의 변화조차 주지 않은 채 운강을 묵묵히 지켜보고 있을 뿐.

"남쪽 역시도 두령과 요화가 태어난 지 얼마 되지 않았다고 들었어."

"뭐, 두령의 탄생이라도 읊자는 건가?"

"북쪽에는……."

효의 말을 딱 자른 운강이 입에 힘을 주며 한쪽을 말아 올렸다.

"북쪽에는?"

"두령이 태어났지."

서서히 커지는 효의 눈을 보던 운강이 속으로 한숨을 푹 내쉬었다. 다행이었다. 보아하니 북쪽의 이야기는 아직 들어가지 않은 듯했다. 그렇다면 백을 모두 내어줄 필요는 없다.

두령이 존재하든, 존재하지 않든. 그들에게 중요한 건 요화가 태어났다는 사실 하나뿐이었으니.

"자, 나는 모든 걸 내어주었으니 잘 생각해 봐. 우리가 왜, 어째서 위험이 도사리고 있는 저 궁으로 들어가려 하는지."

효는 운강의 말에 답을 하지 않았다. 묵묵히 그를 쳐다보며 머리를 꾸준히 굴리고 있을 뿐.

그의 말대로라면 유연국의 공주는 그들의 요화일 것이다. 그러니 남쪽 두령이 어디에도 내보이지 않고 구석에 꽁꽁 숨겨놓은 것이겠지. 어쩌면 함께 태어난 요화는 쥐도 새도 모르게 숨겨 버리고, 유연국의 공주를 남쪽 두령의 요화라 말하며 차지할지도 모른다.

그 힘이 맞지 않아도 남쪽은 그렇게 할 자들이었다. 해서 동쪽과 남쪽이 하나가 되는 것을 공공연하게 합리화시키겠지. 그렇게 두어선 안 된다. 무자비하게 커져 가는 힘처럼 무서운 건 없다.

동쪽 요괴들이 억압을 받으며 남쪽에게 휘둘리는 것과, 운명이라 생각하며 융합되는 것과의 차이는 크다. 소리 소문 없이 서쪽과 북쪽을 집어삼킨다 해도 이상할 게 없을지도 모른다.

생각을 이어가는 효를 바라보던 운강이 손을 꽉 말아 쥐었다. 아마 자신의 걱정과 같은 종류일 것이다. 행동거지가 능청스럽고 능글맞다만, 자못 예리한 구석이 있는 사내 같았다. 그렇다면 분명, 자신의 예측이 벗어나진 않을 터였다.

"그래, 뭐. 그렇다면 어쩔 수 없지."

운강이 속으로 쾌재를 불렀다. 잘 넘어갔으니 이제 아무에게도 새어 나가지 않기를 바라기만 하면 될 일이었다.

"좋아. 그럼 이제 방법을 말할 때도 되었네. 더 이상 시간이 지체되는 걸 바라지 않거든."

"북쪽 아들은 성미가 급하군. 그리해서 어찌 대업을 이룰 수 있겠어."

어깨를 으쓱거리는 효의 모습에 제호가 칼집을 내밀었다. 서슬 퍼런 날은 없었으나, 어쩐지 칼날보다 더 위협적으로 느껴지는 행동이었다.

"말을 가려서 하십시오."

단단히 화가 난 듯한 그의 표정에 효가 두 손을 내저었다.

"아아, 예. 그리하지요."

"제호, 그만해."

"제가 모시는 건 운강님이지 서쪽 두령의 아들이 아닙니다. 고귀함과 존귀함을 느껴야 하는 것 역시 북쪽의 두령과 그의 자손들뿐이지요."

어쩜 이리도 흑강을 쏙 빼닮았는지 모르겠다. 그렇게 생각하던 운강이 제호의 손등을 톡톡 두드렸다.

"네가 이러면 나에게도 해가 된다. 그래도 괜찮은 것이냐."

그의 말에 제호가 미간을 잔뜩 좁혔다. 제 앞에 앉은 효를 빤히 바라보다 아드득, 이를 갈았다. 칼집을 들고 있던 그의 손이 바들바들 떨렸다. 그렇게 한참을 있는가 싶었지만 결국 제호는 손을 거두었다.

다시 운강의 옆자리로 돌아온 그가 효를 죽일 듯 노려보았다.

"야아, 정말. 범을 데리고 다니는 것 같군."

하하, 어색하게 웃던 효가 제 목을 어루만졌다.

"아아, 맞아. 제호는 범을 닮았지. 한데 그거 알고 있나? 범은 맹수일세. 눈앞에 놓인 사냥감의 숨통을 단번에 끊을 수 있는,

맹수."

운강과 눈을 마주했을 때, 효는 처음으로 온몸이 차갑게 얼어 버리는 것을 느꼈다. 한 번도 보이지 않았던 운강의 서슬 퍼런 눈빛에 목이 꽉 막혀왔다.

"그런 맹수의 고삐를 잡고 있는 건 나, 북쪽의 아들 운강이고."

하하. 어색하게 터진 웃음은 꽤 기다란 여운을 남겼다. 손에 흥건하게 고이는 땀이 어서 식기를 바랐지만, 바짝 움츠러든 가슴이 돌아올 생각을 하지 않았다.

"겁을 주려는 건 아니니 걱정하지 말게."

하하. 어색하게 새어 나오는 효의 웃음에 운강이 어깨를 으쓱거렸다.

"자, 이제 본론으로 들어가지. 서론이 너무 긴 것 같은데."

"그래. 뭐, 그러지."

다시 자신의 흐름으로 돌려놔야 하는데, 어쩐지 입이 떨어지지 않았다. 좀 전처럼 운강을 살살 긁는 것이야 어렵지 않은 일인데, 자꾸만 그의 서슬 퍼런 눈빛이 머리에 남아 떠날 생각을 않았다.

왜, 무엇이 그리 두려워서.

"일단 그대들이 원하는 건 내일 이루어져야 하네."

"내일?"

이대로 지체하고 싶지 않았건만, 또 하루가 지나야 한다니.

"내일 해시, 송안국의 귀족이 유연국의 궁으로 들어오지. 한데 그건 귀족의 탈을 쓴 남쪽 요괴 놈일세. 그놈을 지키는 호위가 다섯이 붙을 예정이라 하고."

"남쪽 요괴 놈이 귀족의 탈을 쓰고 궁으로……."

"우리에게 기회란 그때뿐이지."

"그래, 기회는……. 잠깐. 우리?"

운강이 놀라 되물었다. 그의 곁에 서 있던 제호의 눈 역시도 휘둥그레졌다. 효를 바라보는 둘의 눈빛에 놀란 기색이 역력했다.

"왜 그리 쳐다봐?"

하지만 효는 그 놀라운 모습에 개의치 않다는 듯, 콧방귀를 뀌었다.

"내가 생각해 낸 방법이니, 내가 함께 가겠다는데, 뭐?"

아무렇지 않게 대답하는 그의 모습에 제호가 들고 있던 칼집으로 탁자를 쾅 내리찍었다. 효는 쳐다보지도 않은 채, 운강만을 바라보며 고개를 빠르게 저어댔다.

"안 됩니다. 이자가 어떤 힘을 가졌는지 알지도 못하는데!"

"얕보지 말라고. 이래 봬도 두령의 아들인데."

"안 됩니다. 절대 안 됩니다, 운강님!"

"자네가 키우는 맹수는 생각보다 야박하군."

흥, 다시 한 번 콧방귀를 뀌는 효의 모습을 지켜보던 운강이 머리를 굴리기 시작했다. 분명 그는 저에게 큰 도움이 될 것이다. 내일 유연국의 궁에 들어갔다 나오는 순간까지 제호와 다른 힘이 될 테지.

"자네가 맘대로 따라오는 건 상관없네만."

"운강님, 안 됩니다!"

"역시 아들끼리는 무언가 통한다니까."

제호와 효의 희비가 교차했다. 하지만 운강은 눈 하나 깜짝 않은 채 그를 바라볼 뿐이었다.

"이 선택이 훗날 피바람을 불러일으킬지도 모르는데, 그럼에도 가담하겠는가?"

이어지는 운강의 물음에 효의 얼굴에서 웃음기가 싹 사라졌다. 사실 그 선택이 두렵지 않은 건 아니었다. 일이 잘못된다면 공주를 납치한 북쪽뿐만 아니라, 이를 도운 서쪽마저 무사하지 못할 것이다.

하지만 남쪽이 동쪽을 집어삼키고, 송안국과 유연국이 하나가 된다는 그 시점에서 이미 파란은 예견된 것이었다. 동쪽의 반요가 북쪽의 요화가 되었다는 건, 어쩌면 파란을 잠재울 운명이나 마찬가지일지도 모르지.

그 소용돌이 속에 들어가고 싶었다. 두 눈으로 역사의 흐름을 마주하고, 어쩌면 길이길이 남을 이 순간을 머리에 기록하고 싶었다. 그래, 어쩌면 이 순간을 기다려 왔는지도 모른다.

해서 기다렸다는 듯 요새를 빠져나와 계황에게 온 것일 수도 있다. 그렇게 생각하니 온몸이 저릿해졌다. 제 길을 찾은 기분에 절로 미소가 그려진다.

"남쪽 놈들이 미쳐 날뛰던 그 시점부터, 피바람은 이미 예견된 것 아니었던가?"

서로 마주하는 효와 운강, 두 사내의 눈빛이 번뜩였다.

"좋아. 그럼 내일 함께하도록 하지."

운강의 결정에 제호는 아무런 말도 하지 못했다. 아니, 목소리가 나오지 않아 멍청하게 그를 쳐다볼 뿐이었다.

"제호, 너도 불만 갖지 마. 우리가 듣는 것만으로 행하는 것과, 계획한 이가 함께하는 것과는 다르니 말이다."

알았지? 되묻는 운강의 분위기가 다시금 부드럽게 바뀌어 있었다. 효와 이야기를 나누며 보인 날카로움은 언제 그랬냐는 듯 자취를 감추었다. 그런 운강의 말에 제호가 입술을 꽉 물었다. 효를 슬쩍 노려보다 눈을 질끈 내리감았다.

"명 받잡겠습니다."

"말도 잘 듣는 맹수일세."

툭 터져 나오는 효의 말에 제호의 서슬 퍼런 눈빛이 다시 그에게 향했다. 으르릉, 소리 없는 울음이 들리는 것만 같아 효는 그대로 시선을 피해 다른 곳을 바라보았다.

"그래서 경로는?"

순식간에 본론으로 돌아왔지만, 이질감은 느껴지지 않았다. 효는 기다렸다는 듯 자세를 바로 잡으며 그의 앞에 있던 계황의 서신을 펼쳤다.

"자, 드러내 보아."

효의 한마디에 거짓말처럼 서신 속 글자들이 공중으로 떠올랐다. 글자의 한 획, 한 획을 이루고 있던 먹물이 저들끼리 합쳐지다 이내 서신 안으로 빨려 들어갔다.

본래의 모습으로 돌아간 글자는 어느새 그림이 되었다. 구불구불한 산길과 그 아래로 굽이치는 강물이 그려졌다.

"내일 남쪽 놈이 통과하는 길이네. 궁의 뒤쪽, 귀족과 왕족만이 다닐 수 있도록 내놓은 산길이지."

"이곳으로 올지 어찌 알고?"

"말은 귀족과 왕족을 위한 길이라 하지만 사실 절대 아니거든. 따지고 보면 요기로 가득 찬 산길이라 이거지."

효의 설명에 운강이 고개를 끄덕였다.

"해서 이들을 덮치기라도 하자는 건가?"

"제압한 후 그들의 모습으로 변장을 해야지. 그 방법 말고는 궁으로 들어갈 수가 없어."

"남쪽 요괴가 아니라는 걸 들키기라도 하면 어쩌려고."

"어차피 요기를 따라가는 거니, 냄새라면 걱정하지 않아도 돼. 또 산길과 통하는 궁궐의 문은 인간들이 지키니, 더더욱 걱정하지 않아도 되고."

효의 말에 운강이 고개를 갸웃 기울였다. 요괴가 드나드는 입구에 인간을 둔다?

"먹이야, 남쪽 놈들의 먹이. 꾸준히 인간들의 모습으로 궁궐에 존재하려면 정기가 필요하니, 가장 건장한 놈들로 선별해 그곳에 두는 거지."

운강의 미간이 좁아졌다. 제아무리 인간의 정기로 굶주림을 해결한다지만, 북쪽의 요괴들은 단 한 번도 인간들의 목숨을 앗은 적이 없었다. 심지어 요괴들이라 하여 그들의 목숨이 다할 정도의 정기가 필요한 건 아니었다. 그저 요력을 잃지 않을 정도와 변이하지 않을 정도의 정기. 그뿐이었다. 물론 인간들의 삶을 갉아먹는 건 마찬가지였지만.

"뭐 우리에게 중요한 건 그게 아닐세. 이자들을 어떻게 처리할 것인가, 그게 관건이지."

"검을 잘 쓰는 거야 제호도 못지않아."

"요기에 취한 맹수 다섯이 한꺼번에 이놈에게 달려들기라도 한다면?"

이윽고 정적이 찾아왔다. 한참이나 지도를 바라보던 제호가 어렵게 입을 뗐다.

"지킬 겁니다. 걱정하지 마십시오."

그에 효와 운강이 얼굴을 들어 올렸다. 칼집을 꽉 잡은 제호는 날카로운 눈빛으로 효를 바라보고 있었다.

"걱정하는 만큼 부족한 검 솜씨는 아니니, 걱정 마십시오."

"듬직하네, 맹수."

그의 말에 제호가 이를 아득 갈았다. 하지만 곧 다가와 토닥여 주는 운강의 손길에 또 속으로만 꾹 눌러 삼켜야만 했다.

"우리는 산길의 길목에 숨어 있을 걸세. 정면 돌파를 할 수 있다면 좋겠지만, 이 다섯 놈이 보통 놈이 아니라 말이야."

"보통 놈이 아니다?"

"동족을 씹어 먹은 놈들이야."

순간 제호와 운강의 몸에 우두두 소름이 돋았다. 긴장한 기색이 역력한 얼굴로 침을 꿀꺽 삼키던 운강이 효를 바라보았다.

"씹어 먹어?"

"남쪽 요괴들은 강한 자들만이 살아남는다고 여겨. 해서 남쪽으로 끌고 온 동쪽 요괴들과 맞붙는 거야. 결투를 해, 이긴 요괴가 진 요괴를 흡수한다. 그럼 그의 힘은 배가되겠지."

"아무리 그래도 동족이야. 동쪽이니 서쪽이니 그 위치를 따지기 전에 엄연히 같은 요괴인데!"

"그들이 그런 걸 신경 썼다면, 아마 같은 동족을 침략하진 않았을 걸세."

결국 효의 말에 운강의 말문이 턱 막히고 말았다. 그래, 그들이 조금이라도 그런 생각을 갖고 있었다면 아마 일이 이 지경까지 오진 않았을 것이다. 애초에 동쪽을 침략해 그들을 완벽하게 저들의 수하로 만들지도 않았겠지.

"그러니 숨어 있다 한꺼번에 확보해야 해."

"가능한가?"

"북쪽의 아들, 자네의 힘이라면 가능하지."

"나? 내가 왜?"

이윽고 효가 희미하게 미소를 그렸다.

"자네가 다루는 바람으로 묶어버리면 돼. 뒤처리는 그쪽 맹수가 하면 되겠고."

효의 손가락이 운강과 제호를 차례대로 가리켰다. 아주 간단한 거라는 듯 말하는 그의 목소리에 조금 당황하였으나, 운강은 금세 고개를 끄덕였다. 하지만 제호는 이해할 수 없었다.

"그럼, 당신은?"

"나는 자네가 그들을 치기 전까지 얌전히 만들어야지."

그게 무슨 말이냐는 듯, 운강이 눈을 동그랗게 뜨고 쳐다보았지만 효는 대답해 주지 않았다. 하지만 이내 운강은 무언가 눈치를 챈 듯, 고개를 끄덕였다. 길어지는 눈매가 예사롭지 않았다.

"운강님, 대체 이런 자를 어찌 믿고 일을 행하려 하십니까."

답답한 마음을 토로하는 제호의 모습에 운강이 희미하게 미소를 그렸다. 그리고 너른 그의 어깨를 토닥이며 고개를 저어댔다.

"허, 자네 맹수는 참 의심이 많아. 손이 많이 가겠어."

그의 말에 제호가 눈을 번뜩였다. 하지만 돌아오는 건 운강과 효, 둘의 호탕한 웃음소리뿐이었다.

그 순간, 운강의 머리에 무언가 번뜩 스쳐 갔다. 웃음은 어느새 온데간데없이 사라지고 말았다. 효를 바라보던 운강이 천천히 입을 뗐다.

"효 자네에게 묻고 싶은 게 있네."

"무언가?"

효의 얼굴과 목소리에는 여전히 웃음기가 가시지 않았다.

"자네 혹시 오늘 내가 바람으로 궁을 읽을 때에……. 그러니까 그 능력을."

"바람으로 그런 것도 할 줄 아나? 호, 신기하군."

언제 한번 보여주게나. 신기하다는 듯 덤비는 효의 모습에 운강이 입을 꾹 닫았다. 모르는 척하는 것인가, 정말 모르기에 이런 반응을 보이는 것인가.

"자네가 내 능력을 튕겨낸 게 아니었나?"

"내 능력은 그런 게 아니래도."

효의 입에서 나온 짜증 비슷한 목소리에 운강이 입을 꾹 닫았다. 하긴 다시 생각해 보아도 그 목소리와 효의 목소리는 매우 달랐다. 효가 아직 소년처럼 낭랑한 목소리라면, 제 능력을 튕겨낸 그 목소리는 효보다 더 날카롭고 낮은 편이었다.

"그런데 그건 왜 물어보는가? 누가 자네의 능력을 튕겨내기라도 했어?"

하지만 아직까지 모든 것을 터놓을 필요는 없다. 이번 일이 끝나면 어떤 방향으로든 알 수 있게 되겠지. 고개를 도리도리 저어대던 그가 어색하게 웃었다.

"아닐세. 그냥 내가 착각했나 보아."

"이상한데."

의심의 눈초리를 보내는 효의 모습에도 운강은 아무런 말을 하지 않았다. 되레 아무 일도 아니라 너스레를 떨면 그는 저를 더욱 이상하게 생각할 것이다. 그저 침묵만이 답일 것이라 생각하며 입을 꾹 다물었다.

다음 날, 운강과 제호는 효와 만나기로 약조한 산길 입구에 들어섰다. 해시가 다 되어 도착한 산은 칠흑으로 휩싸여 한 치 앞도 보이지 않았다. 더불어 요기가 진동하니 산길이 더더욱 스산하게 느껴졌다.

"아아, 딱 맞춰왔군."

주위를 둘러보던 그때, 익숙한 목소리가 들렸다. 놀란 운강이 앞을 바라보니, 효가 손을 흔들며 그들을 향해 웃고 있었다. 검은 구름에 숨어 있던 달빛이 서서히 모습을 드러냈을 때, 효의 뒤로 낯선 모습이 보였다.

"운강님!"

잽싸게 운강을 뒤로 숨긴 제호가 허리에 찬 검을 뽑았다. 제호를 향해 겨눈 서슬 퍼런 날이 매섭게 울음을 터뜨리고 있었다.

"아아, 정말. 맹수라니까. 걱정하지 마. 이자들은 우리 편이야."

그렇지? 뒤를 돌아보며 묻는 효의 목소리에 그의 뒤쪽으로 숨어 있던 동쪽 요괴 다섯이 모습을 드러냈다. 왜소한 체격을 가진 그들은 운강과 제호를 보며 허리를 숙였다.

"동쪽의 수색대입니다."

"동쪽은 남쪽에게 먹혔습니다. 한데 이자들을 믿으라고?"

잔뜩 성이 난 제호의 목소리에 효가 앞으로 나오며 어깨를 으쓱거렸다.

"하면, 내가 궁에 심어놓은 첩자가 뭐, 인간이라도 되는 줄 알았나?"

그의 말에 운강의 눈썹이 움찔거렸다. 그렇담 이제까지 모든 정보를 빼다 준 것이 동쪽의 요괴였단 말인가.

"남쪽이 꾸미는 일이 얼마나 지독한 일인지 북쪽의 아들은 모릅니다."

다섯 중, 누군가의 말에 제호가 검을 고쳐 잡았다. 아무리 저들 편이라 한들 경계를 조금이라도 늦출 수 없었다.

"저희는 평화를 중시합니다. 그것을 무시하고 혼돈을 가져오는 남쪽에게서 벗어나고 싶을 뿐입니다."

"왕비님으로 앉아 계신 소예님도 같은 생각을 하고 계십니다."

"소예? 왕비라 하면…… 동쪽 두령의 딸 말인가?"

운강의 물음에 동쪽 요괴 하나가 고개를 끄덕였다.

"왕비님께서도 공주님께서 북쪽의 요화라는 사실을 알고 계십니다. 해서, 북쪽의 아들에게 공주를 넘기신다 하였습니다."

"무얼 믿고!"

여전히 그들을 믿지 못하는 제호의 외침에 동쪽 요괴들의 시선이 한데로 향했다. 그리고 순간, 운강은 그들의 눈에서 묘한 전율을 느꼈다. 동쪽이 잡아먹히고, 남쪽의 뜻대로 저들이 움직임에도 불구하고 그들의 눈에는 희망이 살아 있었다.

이글거리는 불꽃은 분명 동쪽에 대한 희망이었다. 어쩌면 한 치 앞도 보이지 않는 상황일지 모르는데, 희망을 담고 있다니.

"우리에게는 더 이상 선택지가 없습니다."

"공주님마저 남쪽에게 넘어가면, 우리 동쪽은 이대로 끝입니다."

"그 작은 희망마저도 버릴 수 없으니, 북쪽과 서쪽의 아들에게 부탁하는 겁니다."

"공주님을 모시고 가주십시오."

끊이지 않고 이어지던 그들의 말에 운강이 입술을 짓씹었다. 결국 제호는 그들에게 향해 있던 검을 내려놓았고, 운강 역시 그들과 함께 손을 맞잡았다. 꼭 성공하겠다는 말은 속으로 삼킬 뿐이었지만.

효와 운강, 그리고 제호와 동쪽 요괴들은 산길을 타고 올랐다. 동쪽의 요괴들은 그들이 산길을 오른다 하여 누군가 이상하게 생각지 않을 것이라 했다. 또 오늘처럼 누군가 이 길을 지날 때는 정찰을 돌지 않는다 말을 덧붙였다.

아마 행렬을 지키는 남쪽 놈들, 그 때문이겠지.

그들이 지나는 길목의 한가운데에 몸을 숨기고 얼마나 지난 걸까. 개미 하나 지나지 않는 길목을 바라보던 제호가 효를 노려 보았다.

"정말 이곳을 지나는 게 맞아?"

"이곳이 아니면 지날 곳도 없다니까 그래. 내가 몇 번을 말해야 알아듣겠나, 맹수."

그놈의 맹수. 중얼거리던 제호가 으르릉, 낮은 울음을 터뜨렸다. 그리고 다시 정면을 주시하며 칼자루를 꽉 쥐었다. 제 목숨을 잃게 되더라도 운강은 꼭 지킬 것이다.

그러던 그때, 운강의 눈이 커다랗게 변했다.

"온다."

바람 한 줄기가 그의 머리를 스쳐 지났다.

"지금 나가 놈들을 붙잡을 테니, 제호 네가 뒤처리를 해."

"운강님, 잠시, 잠시만!"

그를 말리는 제호의 목소리가 있었지만, 운강은 조금도 지체할 수 없었다. 묵직한 걸음이 점점 다가오는 게 느껴졌기 때문이었다. 땅을 지르밟는 소리가 조금씩 커져 갔을 때, 운강이 숨어 있던 덤불에서 잽싸게 뛰쳐나갔다.

아이고. 짧게 터진 소리에 걸음을 옮기던 남쪽 요괴들이 우뚝 멈추어 그를 바라보았다.

"아아, 미안. 길을 잃어 말이야."

특별히 큰 힘을 쓸 때가 아닌 이상은 내보이지 않는다던 부채마저 가져왔다. 그의 어머니인 홍이가 정성을 다해 수를 놓아준, 그에게 있어 보물과 같은 부채였다.

이윽고 그의 손짓에 부채가 활짝 펴졌다. 얼굴의 반을 가린 운강이 눈을 휘어가며 미소를 그렸다.

"네 이놈! 누구냐!"

남쪽 요괴의 목소리가 묵직하게 산을 울렸다. 여기저기 갈라져 그 목소리마저 온전치 않았지만, 그들은 아랑곳 않는 듯했다.

생각보다 그들은 더 추악한 모습을 하고 있었다. 동족을 먹은 죄로 저주받은 그들의 피부는 당장에라도 녹아내릴 것처럼 길게 늘어졌다. 어깨에 메고 있던 가마를 바닥에 내려놓은 남쪽 요괴들이 그에게 다가왔다.

"북쪽 놈이다, 북쪽 놈."

"죽여. 죽여야 해! 죽여!"

조금씩 이성을 잃어가는 그들의 모습에 운강이 입술을 길게 말아 올렸다.

"아아, 그래. 좋아. 어디 한번 잡아보시든가."

이윽고 하늘로 높이 뛰어오른 그가 부채를 흔들어 바람을 날렸다. 저 먼 곳에서 불어온 바람은 긴 밧줄이 되었다. 형체조차 보이지 않는 바람 밧줄은 곧 운강을 향해 다가온 다섯 요괴를 꽁꽁 묶어버렸다. 이윽고 쿵! 커다란 소리가 나며 그들이 쓰러졌다.

생각보다 일이 수월하게 풀려 놀란 운강이 숨어 있는 효를 슬쩍 바라보았다.

"끝 아닌가?"

운강의 말에 효가 고개를 빠르게 저었다.

"왜, 다섯 놈. 잡았는데?"

다시 한 번 빠르게 고개를 저어대던 효가 손가락으로 운강의 정면을 가리켰다.

"그러니까 왜?"

그러나 운강은 알아듣지 못한 듯했다. 의아함이 가득한 표정으로 고개를 갸웃 기울였다. 답답함에 언성이 높아졌던 그때, 찰싹- 무언가 운강을 내리쳤다.

운강은 갑작스러운 공격을 피하지 못한 채 온몸으로 오롯이

받아내야 했다. 외마디 비명조차 없이 바닥을 구르는 그를 들어 올린 건, 악취가 진동하는 나무덩굴이었다.

"이게 웬 떡이야."

이어지는 목소리에 아차 싶었던 그가 텅 빈 가마를 쳐다보았다. 귀족으로 꾸민 요괴 놈의 호위병이 다섯이라 했지.

이윽고 바람의 밧줄에 묶인 요괴들이 기이한 소리를 내며 발을 굴렸다.

"어디서 이방인 냄새가 나나 싶었는데."

큭큭큭. 목을 긁는 웃음소리와 함께 모습을 드러낸 건, 인간의 모습을 한 요괴였다. 그는 당장에라도 찢어질 것 같은 눈으로 운강을 바라보고 있었다.

"아…… 그래, 나 이방인이었지."

"이 얼마나 맛있는 먹이던가. 두령의 아들이라니."

큭큭. 큭큭. 찢어지는 웃음소리가 사방을 울렸다. 목에 감긴 덩굴의 악취가 더욱 심해졌지만, 운강은 조금도 움직일 수 없었다. 떼어내려 안간힘도 써보고, 벗어나려 발버둥도 쳤지만 쉽지 않은 일이었다.

"운강님!"

운강에게 천천히 다가가는 요괴의 모습에 제호가 몸을 움찔거렸다. 당장에라도 뛰쳐나가려 자세를 잡았을 때, 효가 그를 붙잡았다.

"안 돼! 지금은 안 돼."

"뭐? 안 된다고? 운강님이 지금!"

"그래, 그 주인이 인질로 잡히는 상황이 되면! 그땐 어쩔 텐가!"

효의 말에 제호가 입술을 꽉 짓눌렀다. 목을 잡힌 운강을 쳐다보던 그의 미간이 잔뜩 좁아졌다. 분한 마음이 넘친 건지, 짓씹은 입술에서 붉은 피가 배어 나왔다.

검을 잡고 있던 손이 심하게 떨리고 있었다. 당장에라도 뛰쳐나갈 것 같은 다리를 붙드는 몸에도 미세한 진동이 이어졌다.

"계획한 그대로네. 자네의 주인이 저 한 놈을 생각하지 못한 것뿐이고. 아닌가? 분명 이렇게 하기로 계획하지 않았나."

효의 장난기 어린 목소리에 제호의 눈빛에 살기가 일었다. 이 사내 때문이었다. 이자가 운강을 떠밀지만 않았어도, 저 자리에 자신이 가 있었을 것이다. 이를 아득 씹는 제호의 모습에 효가 몸을 움찔거렸다.

"거참, 말도 제대로 못 꺼내겠군. 걱정 말게. 내가 따라온 이유가 여기 있으니."

"뭐?"

"혹시 들어본 적이 있는가?"

제호의 미간이 다시금 좁아졌다. 언제까지 이런 농으로 시간을 끌 건지. 참지 못한 그가 걸음을 옮겼을 때, 놀란 효가 그를 붙잡았다.

"두 가지 능력을 가진, 서쪽 막내아들에 대한 이야기 말이야."

싱긋 웃음을 그린 효가 손을 들어 공중에서 원을 그렸다. 한 번, 두 번 그리고 마지막 세 번을 돌린 뒤 제호의 이마에 손가락을 얹었다.

"뭐 하는 거야?"

"멸(滅). 비(秘)."

효는 읊조리던 글자를 제호의 이마에 써 넣었다. 팔을 휘둘러 그의 이마를 톡 두드리고 손을 떼며 그를 바라보았다. 여전히 어리둥절한 그의 모습을 보던 효가 입술을 길게 말아 올렸다.

"내가 맹수 너의 흔적을 지워주었으니 뒤로 돌아 덮쳐. 저들에게는 너의 기척이 결코 느껴지지 않을 테니, 괜찮을 것이다."

여전히 효에 대한 의심은 지울 수 없었지만 이 방법밖에 없다는 것을 잘 알고 있었다. 결국 제호는 검을 꽉 잡은 채 뒤를 돌아 빠르게 뛰어갔다.

제호와 효가 숨어 있던 풀숲이 들썩이는 모습을 본 운강이 피식 웃음을 터뜨렸다. 이도 저도 못 한 채 안달이 난 제호가 움직인 것이 틀림없다. 자신이 알고 있는 제호라면 분명 저를 구하기 위해 뛰어들 것이다. 물론 효가 그 방법을 제시했겠지. 그러니 이제 그가 할 일은 딱 하나. 이들의 시선을 저에게 고정시켜 놓는 것뿐이었다.

"남쪽…… 하룬이 두령의 자리에서 내려왔다지?"

운강의 말에 요괴는 아무런 답도 내어주지 않았다. 오히려 이상할 정도로 평온했다. 한참이나 그를 쳐다보던 요괴가 입술을 비죽 말아 올렸다.

"하룬님께서 내려올 곳은 없다."

"그게…… 큭!"

대답을 하려던 찰나, 운강의 목을 죄어오던 덩굴에 힘이 들어갔다. 손으로 덩굴을 잡아보지만, 제 목을 조여오는 압박은 조금도 나아지질 않았다. 숨이 막히고 머리가 터질 듯 부풀어 올랐다.

"새로 태어난 두령과 요화를 먹으면, 그 생과 힘 또한 늘어날 텐데."

온몸으로 우두두 소름이 돋았다. 남쪽 놈들이 제정신이 아니라 생각은 했지만, 이 정도일 줄이야.

"왜, 무슨 이유로 두령의 자리에서 내려와야 하지?"

"미친…… 놈들."

"그래, 그렇게 욕을 해보아. 어차피 이 세상은 하룬님의 것이 될 테니 말이다. 다른 요새의 두령들도 그렇게 하나, 하나 잡아먹고 나면 그분을 이길 자는 단 하나도 남지 않을 테지."

큭큭! 큭큭! 날카로운 요괴의 웃음에 운강이 미간을 좁혔다. 당장에라도 덩굴을 풀고 나와 머리를 짓이기고 싶었다. 분한 마음에 손등의 핏줄만이 툭툭 불거졌다. 그러던 그때, 요괴의 등 뒤에서 검을 고쳐 잡는 제호가 보였다.

곧 운강의 얼굴로 미소가 만개했다.

"그런데 자네…… 범 좋아하나?"

"뭐?"

"맹수 말이야, 맹수."

얼굴을 잔뜩 일그러뜨린 요괴가 하, 헛웃음을 쳤다.

"죽을 때가 되니 정신을 놓은 게냐, 북쪽의 아들?"

곧 요괴가 덩굴을 움직여 운강을 공중으로 띄웠다. 기이한 웃음소리가 이어지는가 싶더니 요괴의 입이 쩍 벌어졌다. 운강을 집어삼키고도 남을 어마어마한 크기였다.

하지만 운강은 결코 동요하지 않았다. 되레 묘한 미소를 그리며 요괴를 노려볼 뿐.

"맹수는 한번 물면 절대 놓지 않아."

요괴가 덩굴을 빠르게 움직이려던 찰나, 서슬 퍼런 칼날이 요괴의 가슴을 뚫고 올라왔다. 그와 동시에 요괴의 온몸이 딱딱하게 굳어졌다. 갸웃거리는 고갯짓마저 어색했다.

"그리고 그 맹수의 이빨은 내 아비가 직접 하사하신 독니거든."

"이…… 이 북쪽……."

"잘 가."

요괴의 몸은 제호의 검으로 인해 두 동강이 나고 말았다. 기이한 비명 소리와 함께 운강의 목을 두르고 있던 덩굴이 녹아 투둑, 투둑 바닥으로 떨어졌다. 더 이상 형체를 갖추지 못한 그의 몸 역시도 고약한 악취와 함께 땅으로 녹아내렸다. 어느새 운강을 위협하던 요괴는 사라지고, 정체를 알 수 없는 덩어리만이 땅에 남아 있을 뿐이었다.

뒤이어 제호의 검은 밧줄로 묶여 있는 요괴들을 하나둘 처리했다. 그들 역시 제호의 검에 산산조각이 나며 고약한 악취를 풍겼다. 치이익, 녹아들어 가는 소리와 함께 허공으로 짙은 요기가 퍼져 나갔다.

운강이 벌겋게 부어오른 목을 어루만졌다.

"조금만 늦게 왔어도 이놈의 입에 내 머리가 들어갔을 거다, 제호."

"그러게 누가 뛰쳐나가라 했습니까? 저와 합을 맞추셔야지요."

웃으며 핀잔을 주는 제호의 모습에 운강이 눈을 동그랗게 떴다. 그러다 킥킥, 웃음을 터뜨리며 고개를 끄덕였다.

"아아, 그래. 맞네. 내가 멋대로 나갔지."

"예. 그러니 제발 위험한 행동 좀 하지 마십시오. 아버지께서 아시면 제 목이 날아갑니다."

"에이, 사부가 그리 매정하진 않아."

"매정합니다. 운강님께만 너그러우신 거지요."

그래? 되묻는 운강의 말에 제호가 고개를 끄덕였다. 이내 마주 보던 두 사내의 눈가에 웃음이 활짝 피었다.

천천히 숨을 들이마시던 운강이 주위를 둘러보았다. 산은 바깥에서 보는 것보다 어둡지 않았다. 칠흑으로 휩싸여 눈앞이 캄캄할 것이라 예상했지만, 오히려 바깥보다 밝게 느껴졌다.

눈앞으로 펼쳐진 보랏빛 안개와 반짝이는 별빛에 넋을 잃을 것 같았다.

"아름답군."

"이 안개가 무언지 아나?"

효가 옷을 탁탁 털며 운강에게 물었다.

"안개가 안개지, 다른 게 될 수가 있나."

"동쪽 요괴들이 죽고 남긴 요기일세."

깜짝 놀란 운강이 효를 바라보다 이내 뒤로 선 동쪽 요괴 다섯을 바라보았다. 죽고 남긴 요기라니. 시체조차 남기지 않은 채 이리된 것인가 싶어 온몸이 오싹해졌다.

"이곳이 동쪽 요괴들의 요새였거든."

"여기가?"

그러고 보니 딱 한 번 들었던 적이 있었다. 요괴임에도 평화를 중시하고 친화력이 강해 인간의 성 근처에 요새를 짓고 산다는 동쪽 요괴들의 이야기. 왕족을 제외하고는 요괴의 존재를 알지 못했지만, 그럼에도 동쪽 요새와 왕국은 긴밀한 사이를 유지했다고 했다. 비록 남쪽 요괴의 침략으로 모든 것이 망가졌겠지만.

"남쪽 놈들이 쳐들어오며 요새에 있던 동쪽 요괴의 반을 몰살시켰지. 나이가 많은 요괴를 제일 먼저 몰살했고, 두 번째는 언제든 반기를 들 수 있는 건장한 요괴들이었어. 물론 아이들은 남겨두었지. 저들의 잔혹함을 두 눈으로 똑똑히 보았으니, 결코 반기를 들지 않을 것이라 생각해서 말이야."

"그때 남겨진 아이들이 저희였습니다."

끓어오르는 분노에 운강이 입술을 꽉 짓눌렀다. 북쪽에 대입을 시키니 온몸에 소름이 돋았다. 만약 북쪽이 그렇게 된다면……. 속이 답답해지더니 화가 끓어오르기 시작했다.

같은 동족이었다. 비록 동쪽과 남쪽, 서쪽과 북쪽이라 불리며 각기 다른 모습을 하고 있었지만 '요괴'라는 이름을 달고 있는 동족이거늘.

"그때 몰살당한 요괴들은 모두 남쪽의 먹이가 되었어. 그들에게 흡수되지 못한 요기가 이 산에 가득한 것이고."

아아, 앓는 소리가 새어 나왔다. 슬픈 감정이 아니었다. 온몸을 끓어오르게 만드는 이것은, 그들이 이상이라 믿는 무자비한 짓을 실행한 하룬에 대한 분노였다.

"잘 봐두게. 남쪽을 제대로 막지 못한다면, 이 모습은 미래의 북쪽이고 서쪽일 테니."

효의 말에 제호의 눈빛 역시도 날카롭게 변했다. 하늘을 떠다니는 보라색 안개를 빤히 쳐다보다 곧 고개를 숙여 눈을 질끈 내리감았다. 그들은 한참이나 그 자리에 머물러 있었다. 들끓는 화를 가라앉히는 데 꽤 오랜 시간이 필요했기 때문이었다.

슬슬 새벽녘의 한기가 다가올 즈음이 되어서야 그들은 움직이기 시작했다. 귀족으로 변장해 가마에 올라탄 것은 운강이었고, 그것을 들어 움직이는 건 인간의 모습을 한 동족의 다섯 요괴였다. 효와 제호는 가마의 곁에서 걸음을 옮겼다. 제호는 복면으로 하관을, 효는 부채로 얼굴의 반을 가린 채였다.

산길을 터덜터덜 내려가자, 저 아래로 유연국의 궁궐이 보였다. 점점 더 가까워지면 가까워질수록 코를 찌르는 요기가 사라지는 게 왜 이리 가슴이 아프던지. 그들의 요기가 죽어서도 고향을 떠나지 못하고 있는 건가 싶었기에.

"남쪽에서 오시는 공자님이십니까?"

공자라는 말에 운강은 하마터면 웃음을 터뜨릴 뻔했다. 그 요괴가 한껏 꾸미고 있던 모습이 공자라니. 그야말로 우스갯소리와 다름없었다. 그냥 봐선 왕의 곁에 서서 나라를 말아먹는 간신배인가 싶기도 했고, 뒷골목에 서성이는 왈패들인가 싶기도 했다. 아니 것보다 공자라 들을 정도로 어려 보이진 않았는데.

큭큭, 운강이 웃음을 터뜨리자 효가 흠흠! 큰 소리로 기침을 했다.

"그렇소. 문을 열어주시오."

그에 문지기들이 서로를 쳐다보았다. 뭔가 이상하다 싶어 고개를 기울이다 검은 천으로 가려진 가마 안을 힐끗 쳐다보았다.

"분명 오는 것은 공자님 한 분뿐이라 들었는데⋯⋯."

"혼자 오셨다 해라도 입으신다면, 그대들이 책임질 건가?"

이어지는 제호의 서늘한 목소리에 문지기들이 화들짝 놀랐다. 몸을 꼿꼿이 세운 채 고개를 도리도리 저어대던 그들이 다시금 요괴들과 공자를 번갈아 쳐다보았다.

"드, 들어가십시오."

고개를 꾸벅 숙인 문지기가 문을 열어주었다. 끼이익, 나무 문이 움직이는 소리에 운강과 제호, 그리고 효가 침을 꿀꺽 삼켰다.

이윽고 그들을 태운 가마가 문턱을 넘어 궁 안으로 들어갔다. 마지막 요괴까지 문의 안쪽으로 들어섰을 때, 탁– 둔탁한 소리와 함께 문이 닫혔다.

그들이 궁의 안쪽으로 사라졌을 때, 어둠으로 휩싸인 산길에서 누군가의 작은 웃음소리가 들렸다.

"이제 시작이네, 도련님."

길게 흩날리는 비음에 부엉이의 울음소리가 더욱 높아졌다. 굵은 나뭇가지 위에 서서 그들을 지켜보던 한 사내가 콧소리를 내며 턱을 괴었다.

"재미있게 해달라고, 재미있게."

중얼거리던 낮은 목소리가 바람에 사르르 녹아들었다. 시끄럽게 울던 부엉이의 울음소리가 사라졌다. 적막한 산중으로 흐르는 건, 이름 모를 사내의 서슬 퍼런 살기뿐이었다.

제3장.
동쪽의 이세(理世)─세상을 다스리다

곱게 자수를 놓은 예복, 매일매일 예쁘게 단장하는 머리, 원하기만 하면 쏟아지는 보석들. 모든 것이 자신의 것이었고, 그렇게 들으며 자랐다. 물론 그 이야기를 말해준 건 제 어미도 아비도 아니었다. 말로는 지키기 위함이라며 궁궐의 안쪽에 가두어 버린 귀족들이었다. 그들이 자신을 보러 오는 날이면 제대로 잠을 잘 수 없었다. 속이 메슥거려 말도 제대로 하지 못했다.

가장 높은 곳에서 태어났고, 공주라 불리었지만, 좀처럼 행복하지 않았다. 활짝 열린 문 너머로 보이는 세상은 어떤 모습일까. 궁 너머에 있는 건 귀족들의 말처럼 요괴가 날뛰는, 그런 험한 세상일까.

그러던 언제인가, 그녀의 머리가 흑발로 변하고 눈동자가 붉은 핏빛으로 변했을 때. 궁궐이 한바탕 뒤집어졌다. 부쩍 귀족들이 오가는 횟수가 잦아졌고, 유일하게 세상을 내다볼 수 있는 통로였던 문마저 굳게 닫혔다.

"이세야. 네 이름대로 세상을 다스려야 한다. 누군가를 짓밟지 않고도 다스릴 줄 아는 자가 되어야 해."

자신의 아버지, 동쪽의 왕이 갑작스러운 죽음을 맞기 전에 남긴 유언이었다. 동쪽의 공주가 어찌 세상을 다스리냐 물었을 때, 아버지는 씁쓸하게 웃었다.

그러게 말이야. 낮지만 가벼운 웃음을 터뜨리며 이세를 꼭 안아주었다. 그게 마지막 모습이었고, 체온이었다. 그때를 떠올리던 이세가 두 손으로 몸을 꼭 끌어안았다. 오소소 돋는 소름에 온몸이 오싹해졌다.

"공주."

서늘함을 깨뜨린 건, 저를 부르는 어미의 목소리였다. 언젠가부터 급격히 몸이 약해져 이젠 병석에서 제대로 앉지도 못하는, 가여운 어머니.

"예, 어마마마."

성큼성큼 다가간 이세가 왕비의 앞에 앉았다. 꼭 마주 잡은 어머니의 손은 앙상하게 말라 있었다. 당장에라도 부서질 것 같은 깡마른 손가락에 가슴이 저릿했다.

"주위를 물려다오."

"예?"

"너에게 꼭…… 할 말이 있단다."

이세가 고개를 끄덕였다. 홀쭉하게 들어간 어머니의 얼굴에 눈물이 왈칵 쏟아질 것 같아 급하게 뒤를 돌았다.

"모두 물러가 있어라."

"하지만 공주님."

"굳이 너희들이 지키고 서지 않아도 나와 어마마마는 나갈 수 없다는 걸 알고 있을 텐데."

날카로운 이세의 말에 고개를 숙인 궁녀가 서로를 힐끗거렸다. 곤란해 보이는 목소리와는 다르게 표정은 한없이 차갑다. 감정조차 느껴지지 않는 얼굴을 하곤 이세를 뚫어져라 쳐다보았다.

"왜, 내가 또 난동이라도 피워야 물러가 줄 것이야?"

몇 번인가 어머니와 제대로 대화조차 하지 못해 난동을 부린 적이 있었다. 경대를 뒤엎고, 발로 밟았다. 남쪽의 왕이 보냈다는 보석은 모두 땅에 내던졌고, 꼬박꼬박 나오는 음식 또한 흙바닥으로 던져 버렸다.

결국 공주가 쓰러진 탓에 그녀를 제대로 보필하지 못한 죄로 궁녀들은 줄줄이 초상을 치러야 했다. 그렇게 새로운 궁녀가 채워진 것만 다섯 번. 더 이상 새로운 궁녀가 충원되는 일이 있어선 안 된다.

"담소 끝나면, 불러주시옵소서."

"다과라도 내오리까."

"됐다. 나가기나 해."

싸늘한 이세의 말에 궁녀들이 총총걸음으로 방을 나섰다. 탁, 문이 닫히는 소리와 함께 이세가 숨을 크게 들이마셨다.

"어미가 한 이야기, 기억하지?"

"예, 기억하고말고요. 잊지 않았어요."

왕비가 쓰러진 다음 날, 상황이 좋지 않음을 느낀 귀족들이 이틀간 궁녀를 물러주었다. 필요할 때를 제외하고 그녀는 어머니와 단둘만의 시간을 보낼 수 있었다. 비록 자그마한 방 안과 앞쪽의 뜰이 전부였지만, 그럼에도 이세는 행복했다.

그리고 그때, 모든 이야기를 들었다. 어머니는 요괴이고 저는 반요라는 것. 더불어 때가 되면 저는 남쪽으로 홀로 보내져야 한다는 말까지. 덕분에 며칠인가 잠도 자지 못했다. 어머니의 이야기는 그 정도로 큰 충격이었다.

겨우겨우 믿을 수 있었던 건, 귀족으로 가장하고 들어온 요괴가 이세를 강제로 끌고 가려 했을 때 힘을 쓴 어머니 때문이었다. 방 안의 모든 물건이 박살 나는 것과 동시에 요괴의 몸이 벽으로 내던져졌다. 쾅! 커다란 소리와 함께 그가 벽에 붙었을 때, 이세는 그때 제 어미의 눈빛을 잊지 못했다.

그 뒤로 까무룩 정신을 잃어 요괴가 어찌 되었는지 알 수 없었지만 어머니는 그 뒤로 병을 얻었다. 자신이 알던 인간의 모습으로는 돌아오지 못한 채, 시름시름 죽어가고 있었다.

"이제 곧 너를 데리러 올 것이야."

"남쪽으로는 안 가요."

"남쪽이 아니…… 아니야."

기침을 참아가며 겨우 말을 뱉은 어머니의 말에 이세가 놀라 눈을 크게 떴다.

"아니라니요?"

"북쪽…… 북쪽으로 가거라."

꼭 마주 잡은 어머니의 손이 바들바들 떨리고 있었다. 저를 바라보는 눈동자를 빤히 응시하다 숨을 크게 들이마셨다.

"함께 가셔야죠. 왜 저만 가라고 하셔요."

대답은 없었다. 슬프게 미소를 그리며 이세를 빤히 바라볼 뿐. 이내 바들바들 떨리는 앙상한 손이 이세의 얼굴을 어루만졌다.

"네가 힘들 때, 괴로울 때…… 돌아올 수 있는 곳이 되겠노라, 네 아버지와 약조했는데……."

"어마마마, 약한 소리 마셔요. 일어나실 거여요. 쾌차하시겠다, 저와 그리 약조하지 않았습니까."

유연국의 왕비 소예가 가누기도 힘든 몸을 일으켰다. 그에 놀란 이세가 부축하려 했지만, 그녀는 한쪽 손을 든 채 괜찮다 표현할 뿐이었다. 천천히 숨을 들이마시다 내뱉던 그녀는 제 옆에 있는 서랍장을 열었다.

그곳에서 꺼낸 건, 자그마한 보석함이었다. 소예는 그것을 꼭 붙잡고 있다 이세에게 건네주었다.

"너의 외조모께서 남겨주신 것이다."

"외조모님……."

이윽고 소예의 머리로 참담한 그날이 스쳐 지나갔다. 처참하게 죽임을 당하면서까지 저를 바라보던 어머니, 핏물을 뚝뚝 흘리는 눈동자를 잊을 수 없었다. 기침이 터져 나와 속에 쌓인 무언가를 터뜨리려 했지만, 소예는 가슴에 힘을 꽉 주며 참아냈다.

아직 터뜨릴 수 없다. 눈에 넣어도 아프지 않은 제 아이, 이세를 보내기 전까지는.

"이 궁을 나서면 열어보거라. 너를 지켜줄 것이야."

"어마마마, 어찌 저만 보내려 하십니까! 안 됩니다. 저는 혼자 못 갑니다."

"어미 말을 들어!"

크게 소리를 지르지 못했지만, 소예의 목소리는 단호했다. 혹 저들의 대화가 들킨 건 아닐까 싶어 문을 힐끗 쳐다본 소예가 이세의 손을 꼭 붙잡았다.

"잘 들어라. 북쪽의 요괴들이 서쪽과 동맹을 맺어 전쟁에 대비를 할 모양이더구나. 더불어 너의 운명 또한 북쪽으로 향해 있다. 어미가 자세히 이야기를 할 수는 없지만, 네가 향해야 할 곳은 북쪽이야. 그곳으로 가야 네가 살아."

"어마마마는요. 어마마마는 어쩌고 저만 살라 하십니까."

"네가 살아야 내가 살아! 어찌 이다지도 어미의 마음을 모르는 것이야."

결국 이세의 눈에도 그렁그렁 눈물이 맺혔다. 볼을 타고 죽 흘러내리는 뜨거운 눈물을 바라보던 소예가 입에 힘을 주었다. 볼을 타고 흐르던 눈물을 훔쳐 주다, 어렵게 미소를 그렸다.

끝까지 제 아이에게 웃는 모습을 보여주지 못하는 건, 안 될 일이었으니.

"끝이 아니다. 내가 너와 헤어진다 하여 이게 끝이 아니란 말이다."

"어찌…… 어찌 끝이 아닙니까. 어찌 이게 끝이 아니어요."

눈물을 툭툭 떨어뜨리는 딸아이를 보던 소예가 숨을 가득 참았다. 그리고 두 팔을 뻗어 바들바들 떠는 이세의 몸을 끌어안아 주었다.

"먼저 간 네 아버지와 내가 지켜볼 것이다. 네가 어긋난 길을 가면 꿈에 나와 혼을 낼 것이고, 네가 슬플 땐 꿈에 나와 꼭 인 아주마. 그럼 이것이…… 끝일 리 없지."

"싫어요. 함께 가요……. 함께 가요, 어마마마……."

"고운 내 딸…… 가여운 내 아이……."

모녀의 눈물로 방이 젖어들었다. 바닥을 타고 흐르는 눈물은 어느새 방 안을 가득 채웠다. 톡톡 떨어지는 눈물방울이 이불에 스며들었을 때, 소예가 제 품에서 이세를 천천히 떨어뜨렸다.

이세의 고운 얼굴을 어루만지던 소예가 슬픔에 잔뜩 젖은 미소를 그렸다.

"네가 정인을 만나 혼인을 하고, 아이를 낳는 것까지 지켜보고 싶었다."

"보시면 되어요. 아주 늦게, 늦게 혼인을 하여 아이를 낳을 테니 그때까지 오래 제 곁에 있어주시면……."

"하나만 물어도 되겠느냐."

말을 채 잇지 못하던 이세가 소예의 물음에 고개를 끄덕였다.

"나는…… 나는 너에게……."

목이 꽉 막혀 말이 나오지 않았다. 몇 번인가 숨을 가다듬고 입에 힘을 주어 마음을 진정시켰다. 그제야 아주 조금 목이 뚫려 가느다란 목소리만이 나올 정도가 되었다.

"좋은 어머니였느냐."

울음에 뒤엉킨 탄식을 뱉은 건 이세 쪽이었던가, 소예 쪽이었던가. 결국 제 어미에게 폭 안긴 이세가 소리 없는 울음을 터뜨렸다. 빠르게 고개를 끄덕이며 앙상해진 어깨를 세게 끌어안았다.

"요괴라는 걸 눈치채지 못할 정도로…… 좋은 어미였더냐."

"당연…… 당연한 것 아니겠습니까. 당연하지요."

모녀는 한참이나 서로를 부둥켜안고 울음을 터뜨렸다. 운명의 수레바퀴가 굴러가는 소리가 점점 가까워짐에 소예는 더욱더 굳게 마음을 다잡았다. 마음의 준비를 하라, 이세에게 그리 일러주려던 그때였다.

툭, 툭. 누군가 쓰러지는 둔탁한 소리가 문밖에서 들렸다. 화들짝 놀란 이세가 눈물을 훔치며 뒤를 돌았다. 그녀와 함께 시선을 돌린 소예의 눈도 흔들리고 있었다.

설마, 실패한 것인가.

"누, 누구냐."

대답 대신 돌아오는 건, 날카로운 바람의 울음소리였다. 낮게 흐르던 정적은 오래 지속되지 않았다. 이윽고 땅을 지르밟는 누군가의 발소리가 들렸다.

"누구냐고 묻지 않았느냐!"

이세의 날카로운 목소리가 방 안을 쩌렁쩌렁하게 울렸다.

"동장군의 바람은 마치 칼날과 같아, 따뜻한 동쪽으로는 차마 불어오지 못하더이다."

미리 정해놓았던 암호에 소예의 눈동자가 크게 흔들렸다. 마음을 다잡았다 생각했건만 막상 현실이 눈앞에 닥치니 마음이 무너졌다. 하지만 이대로 제 아이를 남쪽에 보낼 수 없었다.

남쪽으로 간다는 것은, 곧 이세의 삶이 그곳에서 끝난다는 것이나 마찬가지였다. 그렇게 둘 수는 없다. 제 아이의 묏자리가 될 것을 알면서 쉬이 보낼 수 없었다.

"들어오시오."

이어지는 소예의 목소리에 이세가 놀라 뒤를 돌았다.

"어마마마, 누군지 아시고 막 들이십니까!"

"잘 보거라, 이세야. 저자가 너를…… 데려갈 자이니."

소예의 말이 끝나기 무섭게 굳게 닫혀 있던 방문이 열렸다. 휘영청 뜬 달이 쏟아내는 빛과 함께 한 사내의 모습이 드러났다. 황금색의 빛줄기를 등진 사내의 모습에 이세가 입술을 꾹 눌렀다.

"북쪽 두령의 아들, 운강이라 합니다. 공주님과 함께 떠나기 위해 왔습니다."

예를 갖추어 허리를 숙이는 그의 모습에 소예의 눈동자가 흔들렸다. 떠난다. 품에 보듬어 그리도 지키려 애썼던 제 딸아이가, 이렇게 떠나 버린다. 보내고 싶지 않다는 생각이 그녀를 잡아먹지만, 이내 깨끗이 떨쳐 냈다.

"어마마마도 함께 가셔야 합니다."

이어지는 이세의 말에 운강이 놀라 눈을 동그랗게 떴다.

"예? 그건 듣지 못했습니다만……."

말끝을 흐린 운강이 뒤를 슬쩍 돌아 문밖에 서 있는 효를 쳐다보았다. 어깨를 으쓱거리는 그의 모습에 알 수 있었던 건지, 곧 고개를 끄덕이며 이세를 바라보았다.

"어마마마가 없인 아무 데도 못 갑니다."

"이세야!"

"왜, 왜 어마마마를 두고 가라 하십니까. 어찌 자식이 부모를 버리고 간답니까!"

"네가 살아야 내가 산대도! 네가 살아남는다면 이 어미 역시도 살아남는 것임을 왜 모르는 것이야!"

"어머니!"

이어지던 이세의 그 부름에 소예는 목이 꽉 차오르는 것을 느꼈다. 하마터면 눈물이 흐를 뻔했으나, 굳게 먹은 마음이 흔들릴 리 만무했다. 곧 손을 꽉 쥔 그녀가 이세의 가슴에 손가락을 가져다 댔다.

"미안하다, 아가."

"예?"

"살아다오. 행복해 다오. 그리고…… 사랑한다, 아가."

난데없는 소예의 고백에 이세가 눈을 커다랗게 떴다. 어머니, 짤막한 목소리를 내뱉음과 동시에 소예가 있는 힘을 짜내어 요력을 썼다. 목숨을 앗아갈 정도는 아니지만, 충격으로 정신을 잃을 정도의 힘이었다.

툭, 쓰러지는 이세를 받아 든 소예가 숨을 크게 들이마셨다.

"괜찮겠습니까."

"이미 나는 끝난 목숨입니다. 내 딸아이 하나 지키겠다고, 궁녀를 몇이나 묻었는지 몰라요. 정기를 흡수해 끈질기게 목숨을 이어가며 이 아이를 지켰습니다."

씁쓸하게 웃던 소예가 쓰러진 이세의 머리를 쓸어 넘겼다. 부드럽게 넘어가는 검은 머리칼이 바닥으로 흘러내렸다.

"이제 이 아이를……."

채 말을 이어가지 못하던 소예가 이세를 끌어안고 울음을 터뜨렸다. 두 번 다시 안을 수 없는 자식의 체온을 손끝에 담고, 손바닥에 담고, 마음에 담았다. 절대 맞닿을 수 없는 끈이 약해짐을 느끼곤 더욱 크게 오열했다.

시간이 그다지 많지 않았지만, 운강은 꿋꿋이 그녀를 기다려 주었다. 이세를 안고 울음을 터뜨리는 이가 제 어머니, 홍이었다 면. 그 생각을 하니 어쩐지 다리가 움직이지 않았다.

"하나만 물어도 되겠습니까."

"예, 물어보십시오."

"새로 태어난 북쪽의 두령은…… 어떤 분이십니까."

당황한 운강의 눈동자가 크게 흔들렸다. 제 딸이 요화가 되었으니 당연히 두령이 이미 태어났다 믿는 것일까.

어떤 말을 해야 할지 몰라 우물쭈물거리는 그의 곁으로 제호가 다가왔다. 그리고 운강 대신 입을 열었다.

"운강님을 보필하는 종자, 제호입니다. 감히 운강님을 대신해 답을 드리자면, 북쪽의 두령께서는……."

제호의 눈동자가 슬쩍 운강에게로 향했다. 한 발자국 뒤떨어져 있었기에 운강은 그의 시선을 느낄 수 없었다.

"현명하시며, 강직하십니다. 동쪽에서 보았던 햇살과 같지만 때로는 북쪽에서 부는 바람처럼 냉철하신 분입니다. 하지만 사랑이 많으신 분이니, 분명…… 공주님께서는 행복하실 겁니다."

그의 대답이 만족스러운 건지, 소예의 얼굴에 활짝 웃음꽃이 피었다. 이세를 쓰다듬는 손길이 전보다 더 안정되어 있었다.

"그래요, 다행이네요. 다행이에요…… 행복할 수 있다면, 그것으로 되었어요."

툭, 눈물이 떨어졌지만 소예는 여전히 웃고 있었다. 바닥으로 흘러내린 작은 보석함을 이세의 허리춤에 매달린 주머니에 넣어주곤 얼굴을 들어 올렸다. 이윽고 그녀의 얼굴은 눈물에 젖은 어머니가 아니었다. 병이 들어 초췌해졌지만 위엄은 사라지지 않은, 버젓한 동쪽의 왕비였다.

"데려가세요. 그대의 목숨처럼 이 아이를 지켜주세요."

"걱정하지 마십시오."

고개를 숙인 채 대답하는 운강이 소예에게서 이세를 받아 들었다. 품에 들어 안은 채 걸음을 옮기려 할 때, 다시금 소예의 손이 이세의 손목을 잡았다.

"잠시, 잠시만."

흔들리는 눈동자가 그녀의 마음을 대변하고 있었다. 재촉하는 효의 목소리가 들렸지만, 운강은 움직이지 않았다.

"아가."

곧 이세의 손가락을 꼭 붙잡은 소예가 그 위로 입맞춤을 남겼다.

"사랑한다. 사랑한다. 내 아가, 내 딸."

곧 이세의 눈에서 눈물이 죽 흘러내렸다. 듣고 있다는 듯 끊이지 않고 흘러내려 바닥에 맺혔다. 숨을 꾹 참고 있던 소예가 말갛게 웃으며 이세의 손을 놓아주었다.

운강은 뒤도 돌아보지 않은 채 방을 빠져나갔다. 오히려 자신이 머뭇거린다면 그녀의 다짐 또한 약해질 것이라는 걸 알고 있기 때문이었다. 어떠한 마음으로 보내는지 모두 알 수는 없어도 어렴풋이 느낄 수 있었기에.

곧 급하게 떠나는 발소리가 들리고, 소예가 눈을 감았다. 그들이 충분히 떠날 수 있을 때까지 기다렸다. 숨을 참고, 들이마시고를 반복하며 공기의 흐름을 느꼈다.

북쪽의 찬 기운이 서서히 사라졌을 때쯤, 소예가 천천히 눈을 떠 천장을 올려다보았다.

"인간인 내가 당신을 은애하게 되었다고 하면…… 웃을 거요?"

가족들을 모두 잃고, 딱 하나 남은 아버지에게서마저 떨어졌을 때 만난 첫 번째 빛이었다. 세간에서 말하는 그런 사이가 아니었다. 비록 볼모로 잡혀 남쪽 놈들의 계략에 의해 맺어진 혼인이었지만, 그럼에도 그녀는 그를, 그는 그녀를 은애했다.

힘이 없는 왕, 꼭두각시 왕. 그런 수식어가 따라다닌다 해도, 소예에게 그는 커다란 태양이었다.

"어마마마!"

이윽고 찾아온 두 번째 빛은 눈에 넣어도 아프지 않은 딸, 이세였다. 빛 한 점 들어오지 않을 것 같은 제 삶에 새어 들어온 이세는 언제나 저를 밝게 비춰주었다.

잃었던 웃음을 되찾아준 첫 번째 빛이 떠났지만 그럼에도 소예는 행복했다. 그와의 결실, 이세가 남았기에. 그녀를 지켜야 한다는 삶의 의미가 남았기에.

해서, 이 결정을 결코 후회하지 않았다. 홀로 남아야 할 이세가 걱정이 되어 마음이 미어졌지만 죽음에 대한 공포는 없었다.

기다리는 이가 있음을 알기에, 죽음에 다다른다 하여도 저는 혼자가 아니기에.

'곧 만나러 갑니다.'

이윽고 소예의 손으로 보라색 불꽃이 피어올랐다. 타닥, 타닥. 힘이 얼마 남지 않음을 증명이라도 하는 듯, 작고 미세한 불꽃이었다.

'이세는 안전한 곳으로 보냈으니…… 너무 타박하지 마셔요.'

소예의 입가에 잔잔한 미소가 그려졌다.

'보고 싶습니다, 전하…….'

작은 불꽃은 그녀의 몸에 남은 정기를 모두 빨아들여 곧 크기를 키워갔다. 털썩, 소예가 바닥에 쓰러짐과 동시에 보라색 불꽃이 방을 가득 채웠다. 간신히 두 눈을 뜬 그녀가 이세와 함께 장식한 경대를 바라보았다.

'이세야…….'

마지막 부름과 함께 펑! 커다란 소리를 내며 작은 궁이 폭발했다. 보라색 불꽃으로 시작한 폭발음은 곧 붉은 불꽃으로 변해 뜨겁게 타올랐다.

동쪽의 구석진 궁, 그곳에 죽은 듯 살고 있던 왕비의 최후였다. 활활 타오르는 불꽃으로 궁인들이 하나둘 몰려들었다. 잽싸게 물을 길어와 불꽃을 잠재우려 했지만, 그 불길은 쉬이 꺼지지 않았다.

운강과 이세를 실은 가마는 궁을 떠나 산 중턱 입구에 다다랐다. 효의 힘으로 기운을 지운 그들은 궁이 잘 보이는 언덕으로 향했다. 그리고 이세가 깨어날 때까지 한참이나 그곳에 머물렀다.

불꽃이 잡히고, 까맣게 타들어간 궁이 모습을 드러낼 때까지 이세는 잠에서 깨어나지 않았다. 오후의 햇볕이 강하게 내리쬐는 시간이 찾아오고 나서야 그녀의 눈꺼풀이 파르르 떨렸다.

'사랑한다.'

꿈에서 어머니의 목소리를 들은 것 같았다. 어렴풋이 들리는 고백에 저 역시도 그렇다 이야기를 했지만, 어쩐지 목소리가 나오지 않았다. 울음을 터뜨리며 몇 번이나 말을 하려 했지만 도저히 말을 할 수 없었다.

'이세야.'

마지막 부름과 함께 어머니의 모습이 시야에서 멀어졌다. 천천히 눈앞에서 멀어지는 어머니는 희미하게 웃고 있었다. 어릴 적 기억하고 있던 제 어머니의 모습으로, 고운 꽃처럼 활짝 피어 있는 모습으로 이세를 배웅했다.

손을 뻗어 외쳤지만 결코 닿을 수 없었다. 안 돼. 안 돼.

"안 돼!"

겨우 목소리가 터져 나와 몸을 벌떡 일으켰다. 꿈이기를, 부디 꿈이기를 바라며 주위를 둘러보았을 때 그녀의 앞으로 한 사내가 모습을 드러냈다.

"깨셨습니까?"

짧게 자른 검은 머리칼과 물색의 눈동자를 지닌, 저를 데리러 왔다 말했던 사내였다.

"어머니…… 어머니는……."

기운이 쭉 빠진 목소리로 묻는 것이 어머니의 안위라니. 이세의 말에 운강이 씁쓸한 한숨을 내뱉었다. 사실 그녀가 깨기 전까지 얼마나 많이 고민했는지 모른다.

당신을 살리기 위해 모든 걸 내버렸다 말해야 할까, 그게 아니라면 그 유지를 이어받으라 냉철하게 답해야 할까. 뚜렷한 답이 내려지지 않은 찰나 그녀가 깨어났기에 머리는 더욱 복잡했다. 결국 운강이 선택한 건, 까맣게 타고 남은 궁의 터를 슬쩍 내려다보는 것이었다.

"어머니는……."

다시 한 번 묻던 이세가 운강의 시선을 따라 천천히 고개를 돌렸다.

"운강님."

제호가 다가오자, 운강이 손을 들어 그를 저지했다. 곧 떠나야 한다 말을 하는 것이겠지만 지금 이세를 방해하고 싶지 않았다. 온몸으로 슬픔을 느낀다면, 그것을 모두 토해냈으면 했다. 앞으로 가야 할 길에 약한 마음은 필요하지 않을 테니.

"왜……."

이세의 가느다란 목소리에 아래를 내려다보던 운강이 그녀에게로 고개를 돌렸다.

"왜! 왜 나만 데려왔어, 왜!"

운강과 눈을 마주한 이세가 손을 뻗어 그의 멱살을 부여잡았다. 당장에라도 부러질 것처럼 연약한 손목이 바들바들 떨렸다. 손아귀 힘이 세지 않았지만, 어쩐지 당장에라도 목이 부러질 것처럼 아팠다.

"어머니를, 어머니를 함께 살렸어야지. 데리러 온 거였다면 내 어머니도 함께 살렸어야지!"

이세의 눈에서 굵은 물방울이 툭, 툭 떨어졌다. 슬픔으로 얼룩진 커다란 눈물이 볼을 타고 흘러내리며 그녀의 얼굴을 적셨다.

"함께 살겠다고 했는데…… 같이 떠나겠다고 했는데……."

결국 운강의 멱살을 잡고 있던 이세의 손이 바닥으로 툭, 떨어졌다. 소리를 지르며 가슴속에 가득 맺혀 있던 울음이 그제야 입 밖으로 나왔다. 얼굴이 당장에라도 터질 듯 뜨거워졌다.

그에 운강이 손을 뻗어 이세를 꼭 끌어안아 주었다. 슬프거나 우울할 때, 누군가의 품처럼 위로가 되는 곳이 없다던 어머니의 말이 떠올랐다.

"내가 굳이 말하지 않아도, 공주는 알 거라 믿어."

이어지는 큰 울음소리에 운강이 숨을 크게 들이마셨다. 그녀의 작은 몸을 토닥이다 머리를 쓰다듬어 주었다.

"왕비께서 저 최후를 선택한 이유를, 공주만 보낸 뜻을."

말을 하면서도 바보 같다고 생각했다. 따지고 보면 부모를 모두 잃은 것인데, 그런 그녀에게 무얼 말한다 하여 받아들일 수 있겠는가. 울음을 그치는 것으로도 감지덕지일 텐데 말이다.

"울어. 공주가 맘껏 울 수 있는 건, 지금뿐이야."

마땅히 요화라 칭하며 예를 갖춰야 하지만, 지금은 때가 아니었다. 북쪽으로 가 자신의 존재가 가진 의미를 알게 되면, 그때 예를 갖추리라 다짐했다. 그래, 그때가 되면 요화님이라 부를 것이다. 북쪽에 남은 유일한 희망, 북쪽의 요화.

멱살을 잡힌 운강의 모습에 놀라 달려온 제호도, 그런 이세를 안타깝게 바라보고 있는 효도 쓴침을 목으로 넘겼다. 불어오는 바람마저 알싸해지는 오후였다. 그 속에 담긴 누군가의 슬픔이 따갑게 마음을 찌르고 있었다.

　이세는 한참을 울다 어느새 홀로 언덕에 앉아 아래를 내려다보았다. 까맣게 타버린 궁의 모습에 몇 번이고 한숨을 내뱉고 눈물을 흘렸다. 오열을 하지 않았지만, 보는 이에겐 소리 없는 눈물이 더욱 아프게 다가왔다.

　어느덧 서늘한 바람이 살랑거리는 저녁이 찾아왔다. 운강과 제호 그리고 효는 여전히 이세를 지켜보고 있었다. 그 슬픔을 바닥에 가라앉혀 단단한 탑을 쌓기까지 얼마나 힘들지 알고 있기 때문이었다.

　"그런데 말이다, 제호."

　운강의 부름에 제호가 고개를 돌렸다.

　"아까 왕비에게 말한 두령, 그거 누구 이야기야?"

　이윽고 제호의 눈이 휘둥그레졌다. 어버버, 눈을 빠르게 깜빡이다 흠흠 헛기침을 뱉었다.

　"아무리 생각해도 나는 그런 두령을 본 적이 없어서 말이야. 우리 아버지는…… 어머니 외에 사랑이 많은 분은 아니라."

　"흠, 흠. 그게 말입니다, 운강님."

　"잘했다는 거다. 잘했다는 건데, 누굴 보고 생각한 건지 궁금해서 말이야."

　제호는 팔짱을 낀 운강의 모습을 바라보았다. 이세의 뒷모습에 향해 있는 눈동자를 훑다 고개를 돌렸다.

그게 당신이라고. 제 맘속에서 정한 두령이 운강이었으니 그 모습을 말한 것뿐이라고. 그렇게 속으로 되뇌었다. 사실 새로 태어난 두령의 죽음에 아주 조금 기뻐했다고, 그 이야기를 차마 운강에게 할 수 없었다.

어느새 불그스름한 노을이 지기 시작했다. 운강이 가장 좋아하는 시간이었다. 하루의 시름을 달래주는 제 어미의 웃음과 같았기에. 그의 시선이 한참 노을에 머물러 있던 찰나였다.

가만히 앉아 있던 이세가 몸을 벌떡 일으켜 그들에게 다가왔다. 얼마나 울었는지 고운 얼굴이 팅팅 부어 있었다.

"단검 있어?"

"단검은 왜?"

이세는 대답하지 않았다. 그저 손바닥을 내밀며 어서 달라 손짓을 할 뿐.

"자결이라도 하면 어쩌려고 그걸 덥석 주겠어?"

그의 말에 뒤에 서 있던 제호가 꺼내려던 단검을 슬그머니 집어넣었다. 운강의 눈치를 보다 흠흠, 헛기침을 했다.

"그런 거 안 해."

"할지 안 할지는 모르지."

도통 말이 통할 것 같지 않은지, 이세가 한숨을 푹 내쉬었다. 그리고 뒤를 돌아 머리를 하나로 묶었다.

"그럼, 이 머리 당신이 잘라줘."

"뭐?"

놀란 건 비단 운강뿐만이 아니었다. 함께 서 있던 제호와 효마저도 놀라 두 눈이 휘둥그레졌다. 시선을 마주하던 세 남자가 눈을 끔뻑였다.

"못 하겠으면 단검을 주든가."

머뭇거리는 건 잠시뿐이었다. 그 결심을 하기까지 수많은 생각을 거듭하고 다짐을 했겠구나 싶어 고개를 끄덕였다. 곧 제호에게 단검을 받아 든 그가 이세의 긴 머리칼을 손에 쥐었다.

"꽤 긴데, 후회하지 않겠어?"

이윽고 이세의 텅 비어버린 눈빛이 궁으로 향했다. 어머니와 헤어지기 전의 눈빛도, 어머니의 죽음에 목 놓아 울던 눈빛도 이젠 찾아볼 수 없었다.

"후회할 만한 일은…… 이제 아무것도 남지 않았어."

그에 운강이 크게 숨을 들이마셨다. 그리고 하나로 잡고 있던 그녀의 머리를 단검으로 잘라냈다. 이윽고 그가 손을 놓자, 짧아진 그녀의 검은 머리카락이 바람결에 흩날렸다.

'어마마마. 행복하라 하셨지만 저는 그럴 수 없습니다. 어마마마께서 목숨을 바쳐 가며 저를 지키려 했던 이유, 제가 살아남아 북쪽으로 가야 하는 이유 그리고 그 이유를 만든 원인을 해결할 때까지…… 행복해질 수 없습니다.'

눈을 질끈 내리감은 이세가 주먹을 꽉 말아 쥐었다. 부드러운 바람이 불어 그녀의 볼을 톡 건드렸다. 낮잠을 잘 적에 제 볼을 쓰다듬어 주던 어머니의 손길처럼 따뜻했다.

'이제 소녀, 공주의 이름을 버립니다. 아버지께서 지어주신 이름 이세, 그 두 글자만 가슴에 새긴 채 살아가렵니다. 세상을 다스리는 이세, 그 이름처럼 꼭…….'

입술을 꾹 다문 이세가 곧 운강과 제호를 스쳐 지났다. 효까지 지나친 뒤, 걸음을 우뚝 멈추고 주먹을 꽉 말아 쥐었다.

"북쪽으로 간다 했으니, 앞장서."

잔뜩 힘이 들어간 여린 어깨를 보던 운강이 한숨을 푹 내쉬었다. 치렁치렁한 옷자락에 어울리지 않는 짧은 머리라니. 마을에 내려가 당장 옷을 먼저 사 입혀야 할 것 같았다.

"그래. 그러려고 공주를 데리고 나온 거니까."

"이제 공주라 부르지 마."

툭 터져 나온 그녀의 목소리에 운강을 비롯한 세 사내가 고개를 갸웃 기울였다. 그 의아함을 느낀 건지, 이세가 뒤를 돌아 그들을 바라보았다.

"이세, 앞으론 이세라 불러."

붉은 노을을 삼키던 산이 검푸른 하늘을 뱉었다. 북쪽의 요화로 태어난 동쪽의 이세. 그녀가 알을 깨고 세상으로 나오게 된 날의 일이었다.

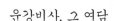

운강비사, 그 여담

뽀드득. 뽀드득. 걸음을 걸을 때마다 들리는 익숙한 소리에 운강이 입술을 말아 올렸다. 오랜만에 밟아보는 눈길이었다. 옛날에는 그토록 눈이 없는 길을 걷고 싶어 안달이 났었는데, 이젠 눈으로 소복이 쌓인 길이 그리웠다니. 시간이 많이 흐른 건가 싶어 헛웃음이 나왔다.

"추워!"

감상에 젖어 있던 찰나, 뒤에서 효의 짤막한 비명이 들렸다. 아휴. 한숨을 내뱉던 운강이 뒤를 돌아 그를 바라보았다.

털옷을 하나씩 껴입은 제호와 이세에 비해 그는 털조끼에 털옷까지 껴입고 있었다. 심지어 두툼한 털양말에 털신까지 덧신어놓고, 춥다 저리 난리라니. 더더군다나 이런 상황을 예견했음에도 자신이 먼저 따라오겠다 하지 않았던가.

"내가 분명 자네에게 춥다 말했을 텐데."

"이렇게 설산 깊숙한 곳에 요새가 있을 거라 생각했겠어? 아니, 것보다 걷지 않아도 된다며?"

바락바락 악을 쓰는 효의 볼이 벌겋게 얼어 있었다. 그를 빤히 쳐다보던 운강이 한숨을 푹 내쉬곤 하늘을 올려다보았다. 이상했다. 보통 설산 입구에서 노아를 부르면 한달음에 달려오곤 했었는데 오늘은 영 반응이 없었다.

혹 자신의 목소리가 작은가 싶어 제호가 불러보기도 했고, 노아가 준 자그마한 뿔피리도 불어보았다. 하지만 그는 오지 않았다. 영영 사라진 것처럼, 눈보라조차 치지 않는 고요한 설산이었다.

해서, 어쩔 수 없이 걸어 오르기로 했다. 우노마저도 오지 않으니 방법이 없었다. 자신의 바람으로 네 명을 한꺼번에 이동시키는 것은 무리였으니.

"싫으면 거기 있어."

제 마음을 읽은 건가 싶었다. 이세의 쓴소리에 운강이 싱긋 웃음을 그렸다.

"그래. 이세 말이 맞다. 싫으면 거기 있어도 돼."

"뭐? 그래. 여기 있을 거다! 네가 그리 말하면 내가 겁이라도 먹을 줄 알고?"

흥! 코웃음을 치던 효가 자리에 털썩 주저앉았다. 무릎까지 쌓인 눈밭에 앉으니 커다란 털 뭉치처럼 보였다.

그런 효를 빤히 내려다보던 이세가 운강의 등을 떠밀었다.

"어서 가자. 날 지기 전에."

이세가 먼저 걸음을 옮겼고, 운강 역시도 뒤를 따르다 그녀를 앞질렀다. 그런 둘의 뒷모습을 쳐다보던 제호가 슬쩍 뒤를 돌아보았다. 여전히 요지부동인 효의 모습에 한숨이 절로 새어 나왔다.

아무리 따라오겠다 억지를 부려도 떼어놓고 왔어야 했다. 같은 두령의 아들인데 어찌 저리 다를까. 제 막냇동생이 그보다 나을 거 같았다.

"그거 알려나 모르겠네."

제호의 목소리에 효가 귀를 쫑긋거렸다.

"여기 요괴도 때려잡는 산적들이 사는데…… 나도 운강님도 잡혀서 혼쭐이 날 뻔했지, 아마?"

깜짝 놀란 효가 고개를 들어 제호를 보았다.

"마, 말도 안 돼! 어떻게 인간이 요괴를 때려잡아? 맹수 네가 나를 놀리는 게지?"

"뭐 믿기 싫음 말고. 거 있어. 나는 운강님을 따라가야 하니."

이내 제호가 성큼성큼 걸음을 옮겼다. 조금씩 멀어지는 그의 뒷모습을 보던 효가 입을 꾹 다물었다. 설마 요괴를 때려잡는 인간이 존재할까 싶었던 찰나, 저 아래에서 묘한 바람 소리가 들려왔다.

휘이잉- 귓가를 스치는 날카로운 바람에 입이 바짝 말랐다. 흠흠, 목을 가다듬던 효가 벌떡 일어나 눈밭을 척척 올라갔다.

"가, 같이 가게! 여기까지 왔는데 북쪽 요새 구경이라도 해야 할 거 아냐!"

이봐! 같이 가! 효의 목소리가 메아리처럼 울렸다. 그에 웃음을 터뜨린 건 비단 제호 하나만은 아니었다.

우여곡절 끝에 요새 근처에 다다른 운강이 휴, 한숨을 내뱉었다. 차가운 눈밭을 오르는 데도 퍽 힘들어 이마에 땀이 고였다.

"어디가 요새인데?"

헉헉거리는 효의 모습에 운강이 입술을 동그랗게 말아 올렸다.

"뭐야, 안 온다면서 왔네?"

"시끄러워. 쓸데없이…… 쓸데없이 높이 지었어."

거친 숨을 몰아쉬는 효의 모습을 내려다보던 운강이 다시 앞을 바라보았다. 그리고 제 앞에 우뚝 선 절벽을 찬찬히 훑어 내렸다. 그다지 오래 떠나 있었던 것도 아닌데, 왜 이리도 많이 변한 것 같을까.

여전히 하얀 눈이 소복이 쌓인 절벽의 모습에 미소가 그려졌다. 시간이 지나도 변하지 않는 곳. 이만큼 마음의 안정을 가져오는 곳이 또 있을까.

"여기, 여기로 가면……."

그가 말을 이어가려던 찰나, 어디선가 인기척이 느껴졌다. 온몸의 감각이 날카로워졌다. 제호와 운강 그리고 효는 자연스럽게 이세를 둘러싸고 주위를 경계했다. 가슴이 바짝 조여들었다.

혹 동쪽에서부터 첩자가 붙은 걸까. 저들이 이세를 데려온 것을 알고, 그 행적을 완벽하게 파악하기 위해 여기까지 함께한 걸까. 아니, 그건 말이 되지 않았다. 간간이 미행이 있는지 흔적을 짚었고 냄새를 지웠다. 그런 저들에게 미행이 붙을 리가 없는데.

"저, 저기. 저기 누구야?"

그러던 그때, 운강과 제호 사이로 손가락을 뻗은 이세가 놀라 물었다.

"누구?"

그녀의 손가락을 따라 시선을 돌린 운강의 눈에 저 멀리에서 한 여인의 금발이 흩날리는 것이 보였다. 동시에 온몸의 털이 바짝 섰다. 위험하다는 느낌은 없었는데, 어찌 이리 긴장이 되는지 알 수 없다.

"거기 누구냐!"

그들을 가로막고 앞으로 나선 건 제호였다. 어찌 되었든 요화와 두령의 아들들이었다. 자신이 지켜야 하는 것이 마땅했기에 날이 선 검을 앞으로 들이밀었다. 그러던 그때, 거센 바람이 불었다. 앞을 가리는 눈보라에 눈을 질끈 감았다 떴을 때, 그들 앞에 금발의 여인이 우뚝 서 있었다.

"꺄악!"

이세의 비명에 운강 역시도 바람을 일으켜 주위를 감싸게 했다. 이 거리라면 요새까지는 어떻게든 날아갈 수 있다. 추후에 기력이 부족해 쓰러질 수도 있겠지만, 불가능한 일은 아니었다. 날아가자, 그렇게 생각하던 찰나였다.

"그대가 운강인가요?"

낯선 목소리의 낯선 여인. 그녀가 부르는 제 이름에 운강이 놀라 바람을 우뚝 멈추었다. 무얼 하는 거냐는 효의 외침에도 운강은 바람을 일으키지 않았다.

"운강님!"

"누구시기에 저를 아십니까."

운강의 대답에 여인이 해사하게 미소를 그렸다. 웃는 건지, 우는 건지 모를 표정으로 한참이나 운강을 쳐다보고 있었다. 눈꼬리로 투명한 눈물이 맺히다 얼음 조각이 되어 허공으로 흩날렸다. 이내 여인이 고개를 돌려 제호를 바라보았다.

"그대가 제호겠지요, 흑강의 장남. 맞지요?"

"정체를 밝혀!"

제호가 한 발자국 나서 검을 세웠다. 서슬 퍼런 날이 불어오는 바람에 의해 더욱 날카로워지고 있었다. 당장에라도 베어버릴 듯 날이 선 눈빛에도 여인은 웃음을 그릴 뿐이었다. 기쁜 듯 입을 말아 올리고 있었지만, 슬픔이 묻어 있었다. 싸늘한 바람에 퍽 잘 어울리는 웃음이었다.

"걱정하지 말아요. 나는 그대들을 해할 생각이 없어요."

"그럼 왜 우리 앞에 나타난 겁니까."

"이것을…… 주려고."

여인이 소맷자락에서 꺼낸 건, 날이 빠져 버린 검의 손잡이였다. 여기저기 묻은 손때가 꽤 오래된 것이라는 걸 말해주고 있었다.

"흑강에게 전해주세요."

여인의 목소리에 홀린 건지, 아니면 본능적으로 위험을 느끼지 못한 탓인지. 운강이 한 걸음 앞으로 나서 손을 내밀었다. 안 된다는 제호의 외침이 들렸지만 어쩐지 그가 경계하는 것만큼 위험해 보이지 않았다.

"누구의 것이라 할까요."

운강의 물음에 여인이 하늘을 올려다보았다. 또 한 번, 눈이 뒤엉킨 바람이 몰아쳤다. 눈보라는 아니었지만, 단순한 바람이라기엔 온몸이 얼 것처럼 서늘했다.

"교하…… 교하의 것이라 전해주세요."

"교하?"

이내 쓸쓸함으로 번지는 여인의 얼굴을 마주한 운강이 바람에 흩날리는 머리를 발견했다. 끝이 하얗게 번져 가는 것이, 살날이 얼마 남지 않은 듯했다. 여기저기 끊어진 머리카락마저 눈에 들어왔을 때, 그가 짙은 탄식을 내뱉었다.

"예. 그러도록 하겠습니다."

그의 대답이 퍽 마음에 찬 모양인지, 여인이 해사하게 웃으며 눈을 휘었다. 그 끝으로 맺히는 눈물에 운강이 주먹을 꽉 말아쥐었다. 손에 잡힌 검의 손잡이가 쿵쿵 심장처럼 뛰고 있는 것 같았다.

"고마워요. 무연님의 아드님, 흑강의 아들……. 오라버니가 보았다면 좋아했겠어요."

예? 제호의 물음이 있었지만, 여인은 아무런 말도 하지 않았다. 그저 쓸쓸한 미소를 짓다 고개를 푹 숙일 뿐.

"이제 끝났어요."

여인의 말이 끝나기 무섭게 거센 눈보라가 몰아쳤다. 노아가 날아올 때에 일으키는 눈보라와 똑 닮은 것이었다. 살을 에는 바람에 모두가 눈을 꼭 감은 채, 손으로 얼굴을 가렸다. 당장에라도 얼굴이 떨어져 나갈 것처럼 차가운 바람이었다.

운강과 제호, 둘을 빤히 쳐다보던 여인이 눈보라에 몸을 실었다. 안녕, 작게 속삭이는 인사가 닿을 리 만무하건만 몇 번이나 그것을 반복했다.

이윽고 눈보라가 저 멀리 사라졌을 때, 바람마저 잠잠해졌다. 그들을 괴롭히던 칼바람마저 뚝 멈추었을 때 운강이 급하게 고개를 들어 올려 주위를 확인했다.

하지만 여인은 없었다. 남은 거라곤 바닥에 떨어진 금발 몇 가닥과, 손에 쥐고 있는 때 묻은 검의 손잡이뿐.

"누구야, 운강?"

이세의 물음에 운강이 숨을 크게 들이마셨다. 어머니에게 들은 적이 있었다. 제 아버지, 두령을 사랑한 여인과 또 그 여인을 지키던 한 무사의 이야기. 어릴 적 동화 같은 그 이야기를 들으며 잠에 들었었다.

꼭 그런 무사가 되겠노라 결심하던 그때를 떠올리던 운강이 힘없이 웃음을 그렸다.

"두령을 사랑한 여인."

"뭐? 무슨 소리야?"

"그리고……."

이윽고 운강이 손잡이를 꽉 말아 쥐었다.

"그 여인을 지키는 무사……."

운강의 말에 이세와 효가 무슨 말이냐 몇 번이나 물었지만, 그는 그저 희미하게 미소를 그릴 뿐이었다. 운강과 함께 크고 자란 제호만 그의 말을 이해한 채 고개를 푹 숙였다.

한참 동안 여인이 사라진 곳을 바라보던 운강이 손잡이를 꼭 잡으며 저 멀리 보이는 동굴을 향해 몸을 돌렸다.

"저기가 북쪽 요새로 가는 입구야."

여인의 정체를 묻던 것도 잊은 건지, 시끌벅적하게 떠들던 효와 이세가 입을 꾹 다물었다. 장엄하게 솟은 절벽을 본 그들의 눈이 커다랗게 변했다. 까맣게 물든 입구를 바라보다 침을 꿀꺽 집어삼켰다. 잔뜩 긴장하고 있는 듯했지만, 그들의 눈은 반짝이고 있었다.

그런 둘의 모습에 운강이 해맑게 웃음을 그렸다.

"북쪽 요새에 온 것을 환영한다."

〈完〉

요화妖花-요괴의 꽃 외전 / 운강비사

비매품

펴낸 날 | 2016년 12월 15일

지은이 | 김선정
펴낸이 | 서경석

편 집 책 임 | 조윤희
편   집 | 이은주
           최고은
디 자 인 | 신현아

펴 낸 곳 | 도서출판 청어람
등록번호 | 제387-1999-000006호
등록일자 | 1999. 5. 31

주소 | 경기도 부천시 원미구 부일로 483번길 40 서경B/D 3F
       (우) 14640
전화 | 032-656-4452 팩스 | 032-656-4453
http://www.chungeoram.com
E—mail | chungeorambook@daum.net